新装版

おぅねぇすてぃ

宇江佐真理

祥伝社文庫

目次

可否（かうひい）

一

明治五年（一八七二）、函館。

眩しい陽射しは降り注いでいるが、頬を嬲る風は冷たい。時折、ちらほらと雪の舞う日もある。東京は花見も終わった頃だというのに。

大町にある「日本昆布会社」の裏手は道路を挟んで、すぐ港になっていた。会社といっても従業員が五人の小さな木造の建物である。それでも西洋建築を意識して建てられたそれは、町では人目を惹く造りだった。日本昆布会社は北海道の昆布、みがき鰊、塩鮭などを扱っている。それ等を横浜の本社に送って利益を得ていた。流通の便利のために叔父の加島万之助が函館の支社を港近くに設立したのは賢明な方法だったが、会社から一歩外に出た途端、強い風に煽られる。それが雨竜千吉には堪え難かった。

この町は春先にヤマセと呼ばれる風が吹く。ヤマセは「山背」の字を充てるのだろう。会社の正面には函館山が聳えている。さほど高い山ではない。およそ三町余り（標高約三三四メートル）。牛が寝そべっている姿にも似ているから臥牛山とも呼ばれるが、土地の人間で臥牛山などと物々しく言う者はいなかった。函館山から吹き下ろされるヤマセと港の浜風との相乗作用で、会社近辺は特に風の強さが激しかった。

千吉はゆっくりと岸壁に近づいた。薄青い空に鷗が数羽、かまびすしい鳴き声を立てていた。舫っている漁船が波の動きに合わせて上下に揺れている。その揺れている漁船の中で漁師が網を繕っていた。着膨れた恰好である。白髪混じりの丁髷頭は手拭いが鉢巻きにされていた。傍を通った千吉を表情のない顔で見たが、すぐに視線を手許に落とした。もはや千吉の洋装を珍しそうに、じっと眺めることはない。

千吉は、その漁師が死ぬまで丁髷を落とさないのではないかと、ふと思った。徳川の時代が去って、文明開化の世の中になったというのに、老いた漁師の表情から時代の趨勢を窺うことはできない。先進文明を導入して日本人の意識の水準を高めようとする政府の情熱は、あるいは東京と、その周辺に限ってのことなのかも知れない。

緑の藻で覆われた岸壁はたぷたぷと絶え間なく波に洗われていた。潮の匂いが濃い。それとともに烏賊の内臓が腐敗する匂いもした。

土地の人々は烏賊の内臓をゴロと呼ぶ。函館に来て、半年が過ぎたというのに、千吉は未だにそれ等、町の匂いに慣れることはできなかった。しかし、開港とともに外国人も訪れるようになったこの町は、横浜とは別の異国情緒を湛えている。

千吉は岸壁の近くに積み上げられていた木箱を地面に下ろし、それを椅子代わりにした。上着の胸ポケットから先刻届いたばかりの手紙を取り出し、封を開けた。昼休みになるまで読むのを我慢していたのだ。手紙は横浜の友人、袴田秀助からのものだった。

「一筆啓上、雨竜君。

君が遠く北の国に旅立ってから、早や、半年を数えおり候。お勤めの方は如何なりや。東京も横浜も、今や恐ろしい勢いで発展するところにて候。

昨日まで空地であった場所に今日は煉瓦造りの家が建ち、今日まであったものが、明日は跡形もなく消え候。

徳川の時代が瓦解して、僅か数年なりしに文明開化の勢い抑え難きように見受けられ候。郵便葉書、陸蒸気、つッぽに靴を履き、乗合馬車に人力車、西洋床屋に玉突き場、牛鍋、西洋料理、全く以て目まぐるしい事態にてござ候。

雨竜君、君のことは皆がいつも噂しており候。別離の寂しさ、未だ衰えず、小生、一人筆を執った次第にて候。

イングリッシュのケビン先生曰く、アーネスト雨竜はもはや横浜に戻るつもり、ありやなしや、と。ケビン先生は教え子にイングリッシュの第二名をつけること専らにて候。

小生はトム袴田、殿様水野君はウィリアム水野という按配にて候。無論、君は忘れずにいると思われ候。君はケビン先生の教え子の中では最も優秀にてござ候。それ故、ケビン先生が君の能力を惜しむ気持ち、小生にも痛いほどわかりおり候。

函館にては、お勤め忙しくされておると、お察し候えど、君に再会すること、小生も皆も首を長くして待ちおり候。いつぞや、横浜の寫眞館にて寫したフォトグラフィをしばしば取り出して眺めおり候。

さて、噂を一つ。君が知り合いの日本橋安針町の唐物屋は店を閉じおり候。小生、あの唐物屋の娘は君のラバーかと密かに思い候。そのこと真実でありやなしや。かの娘は築地のアメリカ人の洋妾になった由。君にとってはまことに残念無念のこととお察し候。

さりながら、小生、かの娘を一度、見掛けおり候。かの娘、洋装にて日傘くるくると回して歩き候。その姿、まことに美しくござ候。
それでは御身(おんみ)大切に。お返事などいただければ幸いにて候。

袴田秀助」

雨竜千吉君

手紙はインクとペンではなく、昔ながらの筆と巻紙という取り合わせだった。袴田らしいと千吉は含み笑いを洩(も)らし、風に飛ばされないように封筒に収め、すぐさま胸ポケットに入れた。久しぶりの友人の手紙である。千吉の脳裏(のうり)に袴田の乱杭歯(らんぐいば)が懐かしく思い出された。友人の中で、いっとうお喋(しゃべ)りで世間の噂好きだった。

しかし、手紙の中でお順(じゅん)に触れた箇所(かしょ)が千吉には気になった。お順は安針町の唐物屋の娘で、父親は幕府の通詞(つうじ)(通訳)をしていた。父親は御一新(ごいっしん)の少し前に何者かに暗殺されたのだ。恐らくは倒幕派の連中の仕業(しわざ)であろう。父親は仕事の傍(かたわ)らお順の母親に唐物屋を営(いとな)ませていた。お順の両親は正式な夫婦ではなかったらしい。父親は長崎に家があった。そちらには本妻と三人の息子が暮らしているという。

千吉の父親は新し物好きの男だったので、その唐物屋「長崎屋」を大層贔屓にしていた。貧乏御家人のくせに、趣味には人並み以上に凝った。

千吉はそんな父親を心の中で軽蔑していた。しかし、千吉が将来、通詞になりたいと思ったのは、皮肉なことに父親と一緒に長崎屋に行って、お順の父親の平兵衛が異人と流暢に話をするのを見てからだった。

通詞は本来、世襲制であったが、これからの世の中は、望めばどんな職業に就くことも可能であろうと、平兵衛は言った。

「坊ちゃん、これからはエゲレス語の時代になります。オラン（オランダ語）でもフランス語でもなく、エゲレス語ですよ」

平兵衛は自信たっぷりに言い添えた。幕府が奨励したのはオランダ語であった。勝海舟はオランダ語に長けていたという。彼も貧乏御家人の息子ながら、あれほどの人物にのし上がったのだ。財産のない家に生まれた息子は頭で勝負するしかないとも千吉は思っている。

横浜の貿易商であったイギリス人のマイケル・ケビンを紹介してくれたのは平兵衛だった。平兵衛はケビンに雛人形を売った縁で親しくなったのである。ケビンは仕事の合間に日本の若者に自国の言葉を教えていた。彼は若い頃、教師になりたいという夢を持っていたらしい。遠い異国の日本に来て、その夢を果たしたという訳である。

横浜の古い仕舞屋に千吉と袴田秀助、世が世なら一万八千石の大名家の跡取りである水野是清、絵師の弟子である才門歌之助等と暮らしてケビンの教えを受けていたのだ。合宿はすこぶる楽しいものだった。金のないことは仲間と一緒にいる時、恥とも思わなかった。

ケビンは日本人の妻を迎え、帰化した。本国に戻る意思はなさそうである。日本の厠に慣れることができたから結婚を決意したと言って千吉達を笑わせた。

千吉は月に一度、横浜から小網町の自宅に戻り、生活費と小遣いを母親に無心していた。

母親は縫い物の内職をして千吉の掛りを稼いでいた。母親の苦労は充分に知っていたから、遊び半分でエゲレス語（ケビンはイングリッシュと発音せよと言った）を学びはしなかった。それなりに真剣だった。

家に戻った時、長崎屋に顔を出した。お順はいつも店先に置いていた揺り椅子に座って本を読んでいた。その頃はまだ洋装ではなく、黒八を掛けた地味な着物を着て、帯も斜に締め、紙入れにつけた珊瑚の根付を帯の外に垂らしていた。その恰好は粋筋の女のようにも見えた。お順の母親は、お順が少し崩した装いをすることに、しょっちゅう小言を言っていた。竹の物差しでお順をぶつのを見たこともある。それでもお順は若い娘のように赤い色の入った着物や帯は決して身につけようとはしなかった。

千吉が「こんにちは」と声を掛けて店に入って行くと、お順は慌てて読んでいた本を伏せた。あれはどんな本だったのだろう。まさかエゲレス語の原書ではあるまいか。千吉は余計なことを考えてしまう。お順は千吉より三つ年下だったが、門前の小僧、何んとやらでイギリス人やフランス人と簡単な会話ができた。

「喋るだけさ。書けはしないよ」

お順は千吉にそう言った。千吉に気を遣ったのかも知れない。千吉はエゲレス語を学んでいてもケビン以外の外国人とは会話ができなかった。

彼等は恐ろしく早口だった。ケビンはゆっくりと明瞭に発音したから、かろうじてわかったのだ。ケビンは仕事の時、日本人と流暢な日本語を話した。

徳川幕府が瓦解して、路頭に迷ったのは侍である。千吉の父親もその例に洩れない。慌てて商売に乗り出しても結果は目に見えていた。父親は趣味を仕事にしようとして失敗したのである。大枚をはたいて手に入れた螺鈿の違い棚も高麗渡りの壺も、二束三文で買い叩かれて引き取られた。それでもなお、借金は残った。

「一番好きなことは飯の種にしちゃいけないのさ」

自嘲を込めた母親の言葉がなぜか千吉の胸に残っている。それから父親は腑抜けになった。幸い、母親の弟が木綿問屋を手広くやっていて、やがて北海道の開拓事業にも乗り出した。厚岸、浜中の鰊、昆布に目をつけ、函館に支社を設立することを考えた。千吉が叔父に仕事を手伝ってくれと言われたのは、そんな時である。

父母を扶養するために千吉は働かなければならなかった。叔父は函館に向かう時、何かほしい物があれば買ってやると言った。千吉は横浜のイギリス人がやっていたテーラーで洋服を仕立ててほしいと言った。叔父は快く千吉の願いを叶えてくれた。洋服には以前から心魅かれていた。それを着けることが、ささやかな千吉の心機一転であった。

二

会社に一番最後まで残っているのは千吉であった。

従業員が「お疲れ様です。お先に失礼します」と家に戻って行くと、その日の帳簿の整理をしてから、ドアに鍵を掛ける。そして、朝にその鍵を開けるのも千吉の役目だった。

千吉は社屋の二階、商品の倉庫となっている部屋の奥に寝起きしていた。

夜だけ近所の漁師の女房が食事を作りに来てくれる。朝は自分で拵(こしら)え、昼は近所の洋食屋で食事を摂(と)った。大町の料理屋重三郎(じゅうざぶろう)は安政(あんせい)六年（一八五九）に西洋料理の店を開くことを願い出たという。はからずも、これが日本における西洋料理店第一号であったことを、千吉は知らなかったが、横浜の西洋料理店に負けない味は千吉を喜ばせた。クロケット（コロッケ）、カツレツ、ビーフステーキ、オムレット。どれも皆、美味であった。その店には外国人の客も多かったが、千吉は覚えている言葉で彼らに話し掛けることはなかった。

一人で過ごす時間は長い。だから、函館に来てひと月も過ぎた頃、休みの日は谷地頭の温泉に行ったり、繁華街で酒を飲んだりもした。さらに三カ月後には東築島にある遊廓に通うことも覚えた。

「梅本楼」は文政元年（一八一八）に山之上町から他の見世四軒とともに東築島に移された官許公認の遊廓である。土地の者は見世の並んでいる辺りを「島の廓」と呼んでいる。

北国の遊廓なんて、と千吉は内心では小馬鹿にしていたが、二階には踊り場、三階の上には屋上庭園まである立派な造りである。室内の調度も吟味した物が使われていた。

千吉は梅本楼で小鶴という津軽出身の遊女と馴染みになった。背が低く、小太りで、お世辞にも美人とは言い難いが色は白かった。

冷害で米が全く穫れなかった年に売られて来たという。年は十九と言っているが、恐らく千吉と同い年ぐらいだろう。慶応四年（一八六八）、つまり明治元年に二十一歳だった千吉は二十五歳になっていた。

梅本楼に上がると小鶴は嬉しそうに千吉にしがみついてくる。すぐに四畳半の狭い部屋に案内される。隅に緋色の蒲団と箱枕が二つ。瀬戸の火鉢、津軽塗りの茶道具、煙草盆。

砂壁に浮世絵の美人画が飾られている。閉め切った窓の外は相変わらず強い風が吹いていた。

袴田秀助から手紙が送られて来た夜も千吉は梅本楼に上がった。人恋しい気持ちだったせいだろう。

「風、強いなっす」

小鶴は低い声で呟くように言った。ものも言わず小鶴を抱いた千吉は、欲望を果たすと蒲団に腹ばいになって小鶴の淹れた茶を飲んでいた。

「いつもこの町は風が強いだろうに」

千吉はにべもなく応えた。

「そだらことはねェ。静かな時もあるはんで」

「そうかい。おれがこっちに来てから風の吹かなかった日はないように思うけどね」

「そりゃ、江戸と比べたら……」

「君は江戸に行ったことがあるのかい」

「あるわけねェべさ。わだすは函館に来るまで津軽から出たことはなかったはんで」

「だったら、わかったようなこと言うなよ」

千吉がそう言うと小鶴は首を縮めて「すんません」と謝った。だが、すぐに「雨竜さん、江戸の話ばしてけれ」と、細い眼を輝かせた。その拍子に緋縮緬の長襦袢の襟許から、たっぷりした乳房が覗いた。千吉は苦笑して指先でそれを弾いた。

小鶴は「あ」と声を上げ、慌てて胸を覆った。

「江戸は今、東京と名を変えた。だが、これからは東京と、もっぱら呼ばれることになるだろう」

「東京……」

「ああ」

「雨竜さんはずっと函館にいて、もう東京さ、戻らねェのが？」

「それはわからないよ。叔父さんが社長だから、社長の意思でおれがどこに行くか決まるからね」

「社長って親方のことが？」

「ああそうだ」

「んだが、親方次第だが……」

「どうしたんだい」

千吉は首をねじ曲げて小鶴を見た。浮かない表情をしている。

「いつかまだ、東京さ戻るがも知れねェなす。したら、わだすは雨竜さんにあまり情（じょう）ば掛けねェ方がいいと思ってよ。情ば掛ければ、離れる時、切（せつ）ねェきゃあ」

「君は優しいんだね」

「そだらことねェす。わだすは婆（ばあ）さまに、じょっぱりって喋られだはんで」

「じょっぱり？」

「むげに意地ば通す人のことせ。津軽のおなごは、じょっぱりが多いはんで」

じょっぱりに「情張り」の言葉を千吉は当て嵌（は）めてみる。するとお順の顔が浮かんだ。

お順も小鶴の言葉で言えば、じょっぱりだろう。

「雨竜さん、東京に好きなおなご、いだが？」

小鶴が悪戯（いたずら）っぽい眼をして千吉に訊（き）いた。

「そんなこと訊いてどうする」

「雨竜さんのこと、何んでも覚えていてェはんで」

千吉は黙って小鶴を引き寄せた。風の音に浜の潮騒の音が混じって聞こえる。

「そりゃあ、いたさ。だが、彼女は洋妾になった……」

小鶴の細い眼が間近にあった。黒い瞳の中に千吉の顔が映っている。

「雨竜さん、切ねェべ？」

「………」

「わだすはこんな商売してるども、異人は嫌やだ、おっかねェ」

「そんなことはないよ。外国人も同じ人間だ」

「したども、熊みてェに毛だらけだっきゃあ？　わだすは気色悪いす」

小鶴は大袈裟に首を竦めた。

「ということは、君は外国人を客にしたことはないんだね」

「んだす、ねッ。ずっと昔、異人の一行が来た時は、うちの姐さま達が無理やり連れて行かれたことがあったはんで、おっかねェがったたって喋ってた」

「そうかい。だけど取って喰われた訳じゃないだろ？　日本の男と変わりないことをしたんだろ？」

「魔羅、でっかがったたって」

「………」

「したけど、ま、仕種は優しいから異人の方がいいって言う姐さまもいたはんで……わだすは聞いただけの話しせ」

「戦争の時は幕府軍の兵隊も来たのかい?」

「ああ、来たっす。いっぱい来たっす。酒っこ飲んで、騒いで……戦争が終わってほっとしたども景気は悪くなったはんで」

「そうだねえ……」

榎本武揚を隊長とする幕府軍が箱館奉行所のあった五稜郭で新政府軍と戦争したのも、ついこの間のことだった。今は町のあちこちに残っている大砲の痕がその記憶を留めているに過ぎない。

「雨竜さん、これからこの国はどうなるんだべ」

小鶴は心細い声で訊く。

「さあ」

どうなるのかは千吉自身もわからなかった。

「わだすは昔の方がよがったす。今は何んだか気忙しい世の中みてェで、訳、わがんねェ」

千吉はそれ以上何も言わず、小鶴の身体を抱き締める腕に力を込めた。

三

「雨竜さん、元町の異人さんの所にちょっくら行って来てくれませんか」

千吉の真向かいの机に座っていた鈴木弥吉が声を掛けた。元町の異人とはジャン・フィリップのことだった。

「何んですか」

千吉は怪訝な顔で訊いた。

鈴木は洋装ではなく、木綿縞の袷にへこ帯を締め、紺の前垂れをつけている。頭だけはこの間、ざんぎりにしたばかりである。会社の従業員というより、呉服屋の手代のようだ。

叔父が函館で雇った男である。算盤の腕を見込んだらしい。年は三十五、六だろうか。

他に荷物を運ぶ人足が二人、給仕兼事務係の十八歳の田中捨吉がいる。田中も頭をざんぎりにしていた。こちらは絣の着物に袴をつけていた。

「昨日、横浜から荷物が届いたんですが、その中にコーヒー豆がありましてね、元町の異人さんが注文していたものなんですよ。手前はどうも異人さんが苦手で……雨竜さん、エゲレス語ば話すって社長から聞いていましたから」

「フィリップさんはフランス人ですよ。ぼくの言葉は通じませんよ」

「それでも、そのう……」

鈴木は気後れした表情をしている。焦らして意地悪しているように思われるのも嫌やだったので、千吉は渋々、その用事を引き受けた。

函館山の裾野になる基坂を登った途中にジャン・フィリップの住まいがあった。フィリップは宣教師である。日本が開港すると同時に来日して、所属する教会から函館に派遣されて来た男だった。

住まいは千吉の会社と同じで西洋建築であった。塗ったばかりらしい壁のペンキの匂いがきつい。

千吉が荷物が届いたことを告げるとフィリップは中に招じ入れ、決まりの料金を払ってくれた。それは日本のお茶より、はるかに高額であった。もっとも、輸送費が含まれているので仕方もなかったが。

「チョウドヨカッタ。アナタモイッショニ、コーヒー、ドウデスカ?」

フィリップはたどたどしい日本語でそう言った。

「いえ、結構です」

「ノウ、センキュウ?」

フィリップはどうやら、日本語の他にイングリッシュも話せるらしい。

千吉が肯くと、フィリップはにやりと笑って「ホワイ?」と訊く。少し頭が禿げ上がっているがフィリップはいつも穏やかな表情をしている。宣教師という務め柄のせいだろう。

「ユア、アンクル、セィド、ユウキャンスピークイングリッシュ、ベリィウェル」

叔父が千吉の語学力を、誇張してフィリップに言ったようだ。

「ノウ。アイキャンノットスピークイングリッシュ、ベリィウェル。バット、ア、リトル」

千吉は慌てて言い繕った。

「オウケイ。シットダウン、プリーズ。ドウユウハヴァカップオブカフィ?」

フィリップは千吉が遠慮していると思ったのか再び訊いた。

「アイ、ドンライクカフィ、ソーリィ」

「ホワイ?」

フィリップは鳶(とび)色の眼を光らせて訊いた。

「ソウ、ビター」

「オウ」

フィリップは掌(てのひら)を額(ひたい)に当てて嘆息した。

「ドン、ウォーリィ、テイクシュガー、イッツオウライ」

重三郎の料理店にもコーヒーはあったが、千吉はいつもミルクか日本茶を飲んでいた。

コーヒーには馴染めなかった。フィリップは千吉に構わず、包みを解き、中から琥珀(こはく)色をしたコーヒー豆を取り出した。それを薬研(やげん)のような物でがらがらと挽(ひ)いた。辺りに香ばしい匂いが立ち込めた。フィリップは薬罐(やかん)で湯を沸(わ)かし、挽いた粉でコーヒーを淹れた。

白い把手(とって)のあるカップに入ったコーヒーは砂糖とともに千吉の前に差し出された。

「プリーズ」

フィリップは勧める。彼は砂糖なしのブラックである。

「ワンダフル」

フィリップはひと口飲んで満足そうに肯いた。千吉はカップに砂糖をひと匙入れ、思い直してもうひと匙入れた。カップに添えられていた匙で搔き回して恐る恐る口に入れた。

香りがすばらしい。しかし、味はうまいのかまずいのか、よくわからなかった。

「ハウドウユウフィール、カフィ？」

フィリップは試すように訊く。

「スウィート、エンド、ビター」

千吉がそう応えるとフィリップは顎をのけぞらせて哄笑した。

函館はコーヒーを飲む習慣が割合早く根付いた土地である。函館に蝦夷警備隊が置かれていた時、警備隊員は冬の寒さと野菜不足の食事のせいで腎臓を患い、浮腫となって命を落とす者が続いた。奉行所はその対策としてコーヒーの飲用を奨励したという。つまり最初は嗜好品ではなく、薬代わりだった訳である。

フィリップは、コーヒーなしでは生きて行けぬと大袈裟なことを言った。そして千吉の感想がおもしろいとも言った。スウィート、エンド、ビターと言ったことだ。

甘苦い物など、日本の食べ物にはなかった。

フィリップの住まいから帰る道々、千吉は自分の言葉を繰り返していた。スウィート、エンド、ビター……すると、その言葉が不思議にお順の横顔に取って代わった。

お順もコーヒーは飲んでいるだろうか。やはり自分と同じように砂糖を入れるのだろうか。お順と離れてみると、千吉は自分の気持ちがよくわかった。傍にいた時ははっきりとはわからなかったのだ。しかし、千吉とお順の行く道は大きく違ってしまったような気もする。それでも、お順と逢う機会が再びあるのなら、千吉は正直な自分の気持ちだけは伝えたいと思った。ジャン・フィリップと会話ができたことで、その日の千吉は少し昂っていたのかも知れない。袴田秀助に、やけにのぼせた返事を書いてしまった。

通詞になることを一旦は諦めたけれど、こうして叔父の仕事を手伝っている内、イングリッシュの必要が出てくるような気もした。千吉は何カ月かぶりでイングリッシュの本を開いた。それから夜は、少しずつ勉強するようにもなった。

叔父は滅多に函館には訪れてこない。事業を拡大するために東奔西走している。給料を貰うだけの勤め人でいたくないという思いは千吉にも充分あった。もしも、そこが函館でなく、東京か横浜であったら、どんなにいいだろうと思う。昴った気持ちは函館ののんびりとした雰囲気に、たちまち萎えてしまう。覇気がほしい。もっとほしい。千吉は心の奥で叫んでいた。

四

函館の夏はあっという間に過ぎる。蒸し風呂に入ったような堪え難い暑さのない代わり、すぐに秋風が立った。千吉の洋服もくたびれが出ている。ワイシャツは火のしをうまく当てられないので皺が目立った。

千吉の仕事は決まり切っていた。忙しいのは商品を出荷する時と、横浜から外国人向けの物資が到着する時ぐらいであった。

時々、ジャン・フィリップの住まいを訪れ、コーヒーを飲んだ。慣れて来ると、それはそれで旨さというか、滋味というものが感じられるようになった。ただし、コーヒーを飲んだ夜は寝つきが悪かった。

フィリップは孤児院を建設するつもりでいるらしい。宣教師の仕事は布教であるが、慈善事業もその中に含まれるようだ。

千吉には親のない子の面倒を見るという心の持ち合わせがない。そういう子供は徳川の時代にもごろごろいた。成長すれば札つきの悪（わる）になることも知っていた。フィリップは、そういう子供達を正しい道に導きたい考えであった。熱っぽく語るフィリップの話を、千吉はコーヒーを飲みながら「ほう」という顔で聞いた。

千吉に上京の機会が巡って来たのは、その年の暮だった。

明治政府は十一月に太陰暦を廃し、太陽暦を採用した。その年の十二月三日を以て、太陽暦の一月一日としたのである。蘭学者達がオランダ正月として祝っていたものが、日本でも正式の正月になったのである。

そうなると、初荷（はつに）の予定が大幅に繰り上げられることになった。千吉は叔父の命令で、初荷を積み込んだ船に乗って上京した。今後の相談もあったからだ。函館の会社は正月休みに入った。

暦（こよみ）だけでなく、刻（とき）の勘定も二十四時間制となり、また、七曜制をとって日曜を休みとすることも定められた。

そうは言っても長年馴染んで来たものから、おいそれと気持ちが切り替えられる訳もない。おおかたの日本人は、どこか覚つかない気持ちでいた。妙な正月であった。しめ飾りも軒先に揺れて、晴れ着の娘達は羽根つきもしているというのに、気持ちはまだ、師走に入ったばかりの感覚でしかない。

それでも横浜で仲間達と再会し、牛鍋を囲んで酒を酌み交わす時は、そんなことは忘れていた。千吉は函館で獲れたするめを土産にして皆んなに喜ばれた。

「残念だなあ。ケビン先生は長崎に出張なさっているんだよ」

袴田が言った。仲間は相変わらず仕舞屋に合宿していた。恰好も別れた時とさほど変わらない。勤め人となった千吉の方がむしろ、ぱりっとしていただろう。赤茶けた畳の座敷に七厘を置き、鉄鍋で牛肉を煮た。

才門は生活費を稼ぐため、人力車の車夫をしているという。袴田はケビンの会社の事務を執っていた。水野是清だけは何もしていないというものの、彼もその内、家を継がなければならない。将来は政治家を目指すつもりのようだ。

「それでは殿様の下々の暮らしも早晩、終わりになりますね」

千吉がからかうように言うと、是清は鷹揚な表情で笑った。

「わたしは開成学校（後の東京大学）に入って、もう少し勉強をするつもりです」

頭の真ん中から、きっぱり左右に分け目をつけた是清は牛鍋に箸(はし)をつけながら応えた。

「お家の方は、よくも殿様にこんな暮らしを許したものですよ」

千吉はしみじみした口調で続ける。

「いや、御一新の当時は、わたしの家も相当に苦しかったものですから」

「ご冗談を」

「いやいや、たかだか一万八千石の大名などは情けないものです。幕府の庇護(ひご)がなくなると、よれよれのくたくたになりました。父は諸侯の中でも開明派の方でしたが、それでも時代の変化に戸惑っているようでした。あの当時、お国許(くにもと)の方にも戦(いくさ)が起きまして大変な騒ぎになりました。わたしは戦などできない腰抜けなので、家中(かちゅう)の者がこんな所を見つけて、しばらく住むように取り計らってくれたのです。よもや、水野の倅(せがれ)が仕舞屋のような所にいるとは思いませんからね。側近(そっきん)代わりの書生を二、三人つけるということでしたから、わたしはむしろ、楽しみにしておりました。予想にたがわず、暮らしは快適でした」

「え？」

千吉は袴田と才門の顔を見た。

「おれ達は殿様の側近だったんですか？」

袴田は驚いた声を上げた。

「違いましたか？」

是清の瓜ざね顔は、いかにもよい生まれであることを人に感じさせる。是清は微塵も卑しい表情は見せたことがない。いつも穏やかに笑っている。

袴田が千吉と才門に横浜へ来るに至った経緯を改めて問うと、水野家、平兵衛、ケビンの人間関係がわかり、千吉はようやく合点がいった。

「やあやあ、殿様のお家には、すっかりしてやられましたよ」

実際、千吉は狐に化かされたような気分であった。是清は相変わらず鷹揚な顔で「申し訳ございません。わたしはてっきり納得づくと思っておりましたが。ご存じなかったと言われて、わたしも君達に思い当たることがありました」と言った。

「どういうことで？」

才門が訊く。

「君達は今まで、わたしに慮外な振る舞い、多々ありましたよ」

是清の着物を無断で着たり、才門などは質屋にも持ち込んだことがあった。四人は声を上げて笑った。

「開成学校は少ししたら大学になるようですよ」

袴田が思い出したように言った。

「大学ですか。それは凄い」

千吉はお世辞でもなく言った。

「凄いのは雨竜君ですよ。ケビン先生に教えられたことを、すなわち実行されている。わたしは未だに外国人には怖じ気をふるってしまいます。こんなことでは駄目なのですが」

是清は千吉を持ち上げた。千吉は袴田に出した手紙のことを思い出して冷や汗をかいた。フィリップと英語で会話していると得意そうに書いたのだ。

「皆さんに会えないのをいいことに、少しのぼせたことを手紙に書いてしまいました」

「そんなことはありません。外国語は実践こそが上達の道です。今に雨竜君はジョン万次郎のようにイングリッシュがペラペラになることでしょう。わたし達もぼやぼやできませんよ」

是清は皆んなにそう言った。

「悪いけどおれ、仕事があるから、これで行くわ。雨竜、まだ、こっちにいるんだろ？」

才門はさほど酒は飲まず、飯だけ丼に三杯たいらげると腰を上げた。

「ああ、そのつもりだ。もう一度ぐらいここへ顔を出すつもりだ。まあ、どうなるかは、わからんが」

「黙って函館に帰ったりするなよ」

「ああ」

「じゃ……」

才門はそのまま出て行こうとしたが、思い出したように振り向いて「長崎屋の娘のことは聞いたか？」と千吉に言った。

「ああ」

千吉は首を落として肯いた。

「おれ、一度、車に乗せたことがあるんだ。築地にいると言っていた」

「………」

「そいじゃ」

才門は気落ちしたような千吉に何んとも言いようのない視線を向けてから出て

行った。

「自由恋愛はいいものです」

是清は取り繕うように言った。

「殿様も負けずにおやりなさい」

袴田がけしかけた。

「いや、わたしは子供の頃から許婚が決められておりますから」

「え？　誰です？」

「まだ学生ですよ。彼女が女学校を出たら結婚することになっております。あと、そうですね、一年くらいの内に」

「それは倖せのような、不倖せのような」

袴田は複雑な表情をした。

「そうです。全く、その通り」

是清はその時だけ言葉に力を込めた。

「雨竜君、お順さんには会わないのですか」

是清の質問に千吉は眉を持ち上げた。

「殿様、彼女は洋妾になったんです。少し躊躇しております」

「しかし、会って話をするだけなら、別に構わないでしょう。函館と東京は遠い。遠過ぎる。後で後悔しないようにして下さい」

「はい。仰せの通りに」

千吉は冗談めかして是清に言った。

五

小網町の実家に泊まった時、千吉は安針町の長崎屋に足を向けた。上京してから横浜の叔父の家に寝泊まりしていた。しかし、知らぬ顔で函館に戻るのはさすがに気が引け、一日だけ実家に帰って母親に顔を見せた。さして話らしい話もなかったが、母親は喜んでいた。

日本橋の東寄りにある安針町は、その昔、オランダ船リーフデ号の航海長であったウィリアム・アダムスに因む町である。アダムスはイギリス人であったという。彼はモルッカ諸島に向かう途中、豊後国(大分県)に流れ着き、同僚のオランダ人、ヤン・ヨーステンとともに徳川家康に謁見した。慶長五年(一六〇〇)のことである。

アダムスは家康から外交上の相談を受け、日本とオランダ、イギリスとの貿易に尽力した。

平戸にイギリス商館を建てることを幕府に進言して成功している。

アダムスは他に砲術、航海術などを日本人に教え、日本で初めての西洋帆船も造ったという。ヤン・ヨーステンは日本を去ったが、アダムスはいたく日本が気に入り、帰化して三浦按針と名乗った。後に将軍となった家康から日本橋の東寄りの二区画を与えられた。これが安針町の謂れである。日本が鎖国する前の遠い過去の話だった。今の安針町に、そうした謂れを偲ばせるものはなかった。

長崎屋は雨戸を閉め、空き家の貼り紙も薄汚れていた。お順は母親と一緒に築地に行ったのだろう。築地と、ひと口に言っても広い。

ただ行ったところでお順に会える確率は少ないと思う。それでも千吉の足は自然に築地に向いていた。

築地居留地（現在の中央区明石町辺りにあった）は明治元年に開かれた。貿易のために訪れた外国人とその家族が住む町である。外国人ホテル、公使館、教会、学校など、いずれも西洋風の建物が並び、遠くから眺めると、そこが同じ日本であることが信じられなかった。建物が建設されていた頃、千吉はお順と一緒に見物に来たことがある。

「いっち、きれえ……」

お順は溜め息混じりの声を洩らしていた。まさか、そこで暮らすことになろうとは思っていなかっただろうが。

千吉が築地を訪れた時は午後で、町の中にあまり人影はなかった。人力車の車夫が人待ち顔で煙管を吹かしていた。建物は千吉が東京にいない間に、さらに増えたようにも思えた。

入り口の鉄の門は開かれていて、洋装の千吉がそこに足を踏み入れたとしても、さほど不審な眼で見られることはないだろうと思ったが、やはり気後れを覚えた。居留地は十軒町の南西にあり、周りを大川と堀で囲まれている形になっていた。

何んでも居留地内は治外法権で、質の悪い外国人には都合のよい場所になっているという。

こんもりとした樹木の中に白や水色の瀟洒な建物が並んでいる。窓には白いレースの日除けが下がっていた。しかし、その中は静かに思えた。外国人も正月休みで、家の中で寛(くつろ)いでいるのかと思う。中に入ることを諦めて踵(きびす)を返した時、土埃(つちぼこり)を舞い上げて人力車がやって来た。饅頭笠(まんじゅうがさ)の車夫の足取りは軽い。千吉は邪魔にならないように道の脇に避けた。

その人力車が通り過ぎた瞬間、覆いの隙間(すきま)から女の横顔が見えた。はっと思った時はすでに人力車は千吉の前から離れていた。

人力車は、およそ一町（約一〇九メートル）離れたところで止まり、黒いコートに帽子を目深(まぶか)に被(かぶ)った女が降りた。コートの下から燃えるような深紅のドレスの裾が見え隠れした。

女は何気なくこちらを向き、目の前の建物に入って行こうとしたが、ふと、気になったように再びこちらを向いた。そのまま立ち止まっている。

「千ちゃん……」

声は聞こえなかったが口の形がそう言っていた。千吉は右手を挙げた。立ち止まっているお順に千吉はゆっくりと近づいた。

「いつ？」

いつ戻って来たのかと、お順は訊いている。

その声が掠(かす)れていた。

「二、三日前さ。もうすぐ、函館に帰る。君はここで暮らしているようだね」

「誰かに聞いた？」

「ああ、友達にね」

「千ちゃんの友達には金棒引き（かなぼうひ）がいるようだ」

金棒引きとは世間の噂好きを言う。

「そうじゃないよ。長崎屋が店を閉めたので心配して知らせてくれたのさ」

「あたしのこと、何んて？」

「別に……」

「嘘。何か言ってるはずよ」

「………」

「言って。何んて言ってたの？」

「………」

「洋妾（らしやめん）になったと言ったんでしょう？」

「………」

「図星（ずぼし）ね？」

お順の顔は怒りで少し紅潮した。

「人の口に戸は閉てられないから。あまり気にしない方がいい」

「気にするわ。あたし、洋妾じゃなくてワイフよ。ミセズ・モディールなのよ」

ワイフという言葉は洋妾よりも千吉の胸に強く突き刺さった。

「結婚したんだね」

千吉は平静を装い、さり気なく言った。

「そうよ。千ちゃん、あたしのことを置き去りにして、さっさと函館に行ってしまうんだもの」

「…………」

恰好だけは別人のようだが、口調はいつものお順だった。千吉はそのことに少しほっとしていた。

「お茶でも飲もうよ」

お順は気軽に千吉を誘った。

「だけど、そんな時間があるのかい？」

千吉にはお順が慌てて帰って来たようにも思えた。

「平気。お正月のパーティなのに、旦那が仕事の話ばかりして、ちっともおもしろくないから先に帰って来たのよ。旦那はきっと遅くなるわ」

「小母(おば)さん、どうした？」

千吉はお順の母親のことが気になった。

「生きているわよ。でも、今は向島(むこうじま)にいるの」

「そうか」

「行きましょう。レストランでお茶も飲める所があるのよ」

お順は千吉の腕を取った。

狭い店だったが木の香が新しい。小窓にお決まりのレース、テーブルには白い覆いが掛けられている。白い調理服の店主は日本人で、二人の前に笑顔で品書きを置いた。

飲み物の名前が書かれた中に「可否」という言葉が気になった。

「ご注文は？」

店主が訊くと、お順は千吉の顔を見た。

「千ちゃん、何にする？」

「それじゃ、コーヒーを」

「かうひい、二つね？」

あ、と思った。可否はコーヒーのことだったと思い当たった。いかにも日本人が外国語に無理に日本語を当て嵌(は)めたという感じである。可か否か。それはお順と自分の今を暗示しているような気がした。

「昔ね、深川(ふかがわ)に法禅寺(ほうぜんじ)というお寺があってさ、ううん、今もあるかも知れないけど……」

テーブルを挟んで向かい合うと、何やら居心地の悪い気がしていた。お順はそれを振り払うかのように口を開いた。

帽子を取ったお順の頭は島田髷(しまだまげ)ではなく束髪(そくはつ)だった。黒いコートの下は目の覚めるような深紅のドレスだった。それはお順によく似合った。しかしお順はそんな色を好む女ではなかったと千吉は思う。

「そのお寺に物凄く高い椋(むく)の樹があったんだって」

お順は千吉の思惑に構わず話を続ける。

「物凄く?」

お順の言い回しがおかしくて千吉は復誦(ふくしょう)する。ちらりと千吉を睨(にら)んでから、お順は窓の外に視線を移した。さきほど人待ち顔をしていた車夫が客を乗せて居留地の門の外へ出て行くところだった。

「その椋の樹につがいの鶴が巣を造っていたんだって。だけど、その内、どうした訳か雌に元気がなくなって、雄も心配のあまり餌を取りに行かなくなったのさ。たまに餌を取っても雌に与えてやって、そりゃあ仲睦まじい鶴だったって」

お順が何を話したいのか千吉にはわからなかった。コーヒーが運ばれて来た。花模様の美しいカップに入っている。お順はカップに山盛り三杯の砂糖を入れた。

「甘過ぎるよ、それじゃ」

千吉は心配して言う。

「だって苦いもの」

お順はその上、ミルクも入れてコーヒーを啜った。

「ああ、おいしい」

お順は無邪気に笑顔を見せた。千吉はさらりと砂糖を一杯入れて口に運ぶ。豆の種類が違うのか、フィリップの所で飲んだものより渋味がなかった。

「ここのコーヒーはうまいね」

千吉がそう言うと、お順は苦笑した。

「聞いたふうなことを言う。あたしはかうひいなんざ、嫌いさ。日本茶の方が数段好きさ」

「じゃあ、普通のお茶を頼めばいいのに」

「ここには水茶屋はないからね。かうひいや紅茶ばかりさ」

「で、鶴はどうなったんだい？」

千吉は話を急かした。

「ええ。その内、雄の姿が見えなくなった。雌をほっぽり出して、どこかに行っちまったんだろうと寺の坊さんは思ったそうだ」

「そうだろうか」

千吉は割り切れない気持ちで言った。鶴の雄が雌を置き去りにするとは思えなかった。

「ほっぽり出したんじゃないと、千ちゃんは思うわけだ」

お順は試すように訊く。

「ああ」

「その通りさ。ほっぽり出した訳じゃなかった。でも、雌は雄のいない間に死んでしまったのさ」

「…………」

「四、五日経って雄は戻って来たけれど、死んだ雌の姿を見て、また、どこかに行ってしまった。それから戻って来なかったそうだ」

「諦めたんだね」

「幾ら仲睦まじくても死んだら雄も諦めるだろうよ」

「…………」

「しばらくして、寺の坊さんが巣の様子を見に梯子を掛けると、雌の亡骸の傍に薬草人参が入っていたそうだ。その薬草人参は、何んでも中国の奥地にしか生えていないものだったらしい。つまりさ、雄ははるばる中国まで、その薬草人参を取りに行っていたのさ」

「泣かせる話だね」

千吉は溜め息の混じった声になった。

「雌はそんなことを知らずに、いなくなった雄を恨んで死んだのだろうよ」

お順の顔がやり切れなさそうに歪んだ。

「さあ、知っていたんじゃないのかい」

千吉は、あっさりと言った。

「千ちゃん、そう思う?」

「ああ」

「そうか……雌は知っていたのか……あたしは鶴の雌より愚か者かも知れない」

「………」

お順は千吉が函館に行ったことで二人の仲をこれまでと諦めたのだろうか。しかし、仲と呼べるような関係ではなかったはずだ。胸の思いなどお順に告げてはいない。

「おれは鶴の雄のように何百里も飛んで雌のために薬草人参を取って来るなんてできないよ。おれが鶴なら黙って雌の傍についているだけだろう」

「雌にとっちゃ、その方が嬉しいかも知れない……」

お順の言葉が胸にコツンと来て、千吉は思わずその手を取ろうとした。しかし、千吉の肘はカップに触れ、コーヒーの薄茶色のシミが白いテーブル覆いの上に拡がった。

「あ」とお順は声を洩らし、咎めるような眼で千吉を見た。

「失敬」

店主が慌てて出て来ると、覆いの上を布巾でとんとんと叩くように汚れを取った。それからテーブル覆いと同じ生地のナプキンをシミの部分に被せた。千吉達が店を出てから覆いを取り替えるのだろう。

「あたし……もうすぐアメリカに渡るの」

新しいコーヒーをカップに注いでもらうと、お順はそう言った。千吉はナプキンに隠れているシミのことがひどく気になっていた。

「そう」

呆れるほどそっけない声になったのが、自分でもわかった。

「でも、嫌やなの。知らない所に行きたくないッ」

お順の言葉がその時だけ激しかった。

「嫌やならやめたらいい」

千吉は今度のコーヒーには砂糖を入れずにフィリップのようにブラックで飲んだ。思ったほど苦くは感じなかった。

「やめてどうするのよ、千ちゃん」

お順が上眼遣いで千吉を見た。試すような眼だ。可否、千吉はコーヒーに当て嵌めた漢字の意味を思った。

「函館に来たらいい。贅沢はできないが君を喰わせるぐらいはできる」

お順が痛いほど強い視線を千吉に注いだが、「あは」と、小馬鹿にしたように笑った。

「できない相談だろうが。千ちゃんには養わなければならない親がいるし、あたしにはおっ母さんがいるもの」

「…………」

「千ちゃんはまだ、皆んなの面倒を見られるほど甲斐性はないだろ？」

お順の深紅のドレスはどれほどの値だろう。

自分のひと月分の給料で支払えるものだろうか、とふと思った。

「一週間後に函館に戻る」

千吉はお順に言った。

「七日後？」

お順が確認するように訊いた。

「ああ。だが、前日からおれは船に泊まっているよ。日本昆布会社の名が入った船だ。横浜の港に入っている。すぐにわかると思う」

「無理しちゃって……あたし、本気にするかも知れないよ」

「おれ、本気で言ってるんだぜ。後のことは……どうにでもなるさ」

千吉は他人事のように言った。

「もう……出ましょう?」

お順が促(うなが)した。千吉はコーヒー代を払って店の外に出た。雪のない正月である。函館はとっくに白いもので町が覆われているはずである。寒いというより凍(しば)れると表現される北国の冬だった。

「お順、いいね。きっと来てくれよ」

千吉は別れ際にお順にそう言った。

「嬉し……」

お順は低い声で呟き、爪先立てて千吉の頬に唇を押し当てた。Kiss……

「じゃ……」

お順はくるりと踵を返し、足早に去って行ったが、一度も振り向きはしなかった。

六

港から船が出る時、袴田と是清が見送りに来てくれた。叔父と一緒に小網町の父も傍にいた。船の旅立ちはどこか哀切(あいせつ)なものが伴う。

しかし、千吉がことの外、感傷的な気持ちになったのは、やはりお順が来なかったせいだ。気持ちのどこかで期待し、半分ではそんな訳もないと納得していたような気がする。

もしもお順が来てくれたなら、千吉は腕をいっぱいに拡げ、外国人のような仕種でお順を迎え入れようとも思っていた。

その想像は千吉を興奮させた。だが、千吉の細い腕は拡げられないまま、船は鉛色の海に乗り出していた。これからの千吉の問題は時化に遭わずに無事に函館に辿り着くかどうかでしかなくなった。

叔父はあと一年、函館で辛抱したら横浜の本社に転勤させてくれると言った。それから新しい事業の拡大のために清国に渡航することも仄めかした。

「ウリュウサン、カウヒイ、ノムカ？」

中国人の陳というコックが千吉に声を掛けた。いがぐり頭の若いコックは利発そうな大きい眼をキョロキョロさせていた。

「ああ。飲みたいな。砂糖を入れてくれ」

「ソダネ、サトナイト、ニガイカラ」

「そうだ。砂糖なしは苦くて敵わぬ」

「クロサトデイカ？」

「ああ、何んでもいい」

おおぶりのカップは縁(ふち)が少し欠けている。

黒砂糖を入れたコーヒーは妙な味がした。

お順と飲んだ時のものは大層うまかった。

スウィート、エンド、ビター。千吉は胸の中で呟く。お順のように可否(かうひい)とも。外国から来た飲み物は、これから日本人の間に浸透して行くような気がする。船に積み込んだ荷の中にもコーヒー豆が入っている。フィリップの土産にする分も用意した。きっと彼は喜んでくれるだろう。しかし、千吉は船が函館に到着するまでお順のことが頭から離れなかった。何か大きな忘れ物をしたような気分だった。コーヒーを飲む度(たび)に、その気分は強くなるのだった。

日曜日に千吉は小鶴を食事に誘った。小鶴は雪下駄(ゆきげた)にケット（厚手のショールのようなもの。ブランケットの略）を羽織ってやって来た。

髪がきれいに撫(な)でつけられていたのは、その朝に髪結(ゆ)いを頼んだのだろう。

千吉も外套(がいとう)を羽織り、重三郎の店に行った。

「うだで、うまいっきゃあ」

小鶴は大袈裟にはしゃいだので店主が苦笑していた。

「村にいだどきは魚っこもなくてよ、がっこ（漬（つ）けもの）とおつけ（汁）だけだったはんで。函館に来てから魚っこ、いっぱい喰えるども、こだらにうめェもんは初めてだなす」

「遠慮しないで食べなさい。ここの味は横浜に負けないよ」

千吉は店主に聞こえるように言った。店主は厨房（ちゅうぼう）の奥から白い歯を見せて顎をしゃくった。

「雨竜さん、好きなおなごと会った？」

「…………」

千吉はフォークとナイフを動かして聞こえない振りをした。

「なあ、会ったのがって」

小鶴の唇にオムレットに掛けられたソースがくっついていた。千吉は指でそれを拭（ぬぐ）ってやった。

「会ったよ」

「…………」

「そんなこと訊いてどうするんだい？」

「何んも。ただ訊いてみたかったはんで」

「彼女は洋妾（らしやめん）じゃなくて、外人の奥さんになっていたんだ」

「したら、恰好も着物でなくて洋装してたが？」

「ああ、真っ赤な長い、裾を引き摺（ず）るような服を着ていたよ」

「きれいだったが？」

「ああ、きれいだったよ」

「…………」


小鶴は気落ちしたようにテーブルに視線を落とした。たっぷりとした髪は濡れたように黒い。そして冬の季節、小鶴の肌は餅（もち）のように白かった。昨夜、梅本楼に上がり、久しぶりに小鶴に会った。小鶴は嬉しさのあまり千吉の首にかじりついて離さなかった。だから、帰り際に梅本楼のお内儀（かみ）に小鶴を食事に誘ってもいいかと訊いたのだ。お内儀は満面の笑みを浮かべて「どうぞ、どうぞ」と応えた。

食事を終えて外に出ると吹雪になっていた。

小鶴は頭からケットを被ったが、前たぼと、まつ毛が、すぐに雪で白くなった。

通り過ぎる人もいない。白く固まった雪の上に馬そりの跡が幾筋もついていた。千吉は小鶴の身体を引き寄せた。港も、舫っている船も通り過ぎる家並も何も彼もが白い。

「君が傍にいるとあったかいよ」

「人ォ、馬鹿にして。わだすを温石みてェに言うよ」

小鶴は紫色に変わった唇を歪めて笑った。

「おれの所に寄って行けよ。まだ見世には戻らなくていいんだろ？」

千吉が小鶴の顔を覗き込むと、小鶴は少し脅えた眼をした。

「わだす、帰るはんで……」

「雪がひどいよ。難儀だよ」

「それでも……」

「嫌やなのかい？」

「わだす、雨竜さんの好きなおなごの身代わりは嫌やだはんで。見世に来た時はお客さんだから四の五の言わねェども、昼間は違うべ？」

「おれ、君が好きだよ」

「嘘こげ！」

小鶴は千吉を睨んだ。その眼に千吉はたじろいだ。以前の千吉なら、女郎のくせに生意気を言うな、ぐらいの斜に構えた文句の一つも吐いていたはずだ。だが、なぜかその時は言えなかった。

「わだす、嘘こぎは嫌やだはんで……」

「どうして嘘だと思う？」

寒さで手がかじかんでいた。早く住まいに戻ってストーブで暖まりたかった。

「雨竜さんは、おなごに好きだとか、惚れたとか言う人でねェ……」

「ごめん」

「謝るなって。謝ればわだすが惨めになるはんで……」

小鶴はとうとう細い眼から大粒の涙をこぼした。

「ごめん、小鶴。おれが悪かった」

「だから、謝るなって喋ってるべ？」

「コーヒーを飲んであったまろう。ね、何もしないよ」

「………」

千吉は小鶴の身体をぐいっと引き寄せた。

小鶴はしゃくり上げながら肯いていた。

千吉の住まいは引き戸を開けると板の間になっている。一段高くなった奥の方に畳が敷いてあり、そこに蒲団が置いてあった。

板の間の中央にストーブが置いてある。横浜からわざわざ持って来たものだ。何んでもロシアで造られたものらしい。下に鉄板が敷いてあった。小さな流しがついており、水瓶の水は近くの井戸から千吉が毎日運んでいる。

小鶴は珍しそうに部屋の中を見回した。

「殺風景だろう？」

千吉は燃えて来たストーブの上に薬罐を置いて言った。じゅッと水気が爆ぜる音がした。

「男所帯だはんで、こんなもんでねェのが」

小鶴はそんなことを言ってケットを取った。それを丁寧に畳むと傍に置き、座蒲団の上にちょこんと座った。泣き止んで、ようやく落ち着いた様子である。

「コーヒーは飲んだことがあるかい？」

「ふん、お客さんと一緒に一回飲んだ」

「どうだった?」

「うだで苦かったきゃあ」

「砂糖を入れるといいよ。そうだ、牛乳も入れたらいい」

千吉は戸棚の中から今朝届いた牛乳を取り出した。陶器の銚子のような瓶に入っていたが、上の方が少し凍っていた。

「わだす、牛乳はまいね」

「嫌いかい?」

「反吐出そうになる」

「…………」

千吉は鼻白んだが、カップを取り出して机に置いた。机は食事を摂る時のお膳代わりにもなった。本棚には千吉の本が何冊か並んでいた。

「雨竜さん、勉強もするのが?」

机の前の椅子に座った千吉に小鶴が訊いた。

「ああ、時々ね」

「エゲレス語、喋れるんだべ?」

「大して喋られないよ。ほんのちょっぴりさ」

「したども、この函館に異人の他にエゲレス語ば喋る人、いねェべさ」

「そうかな」

薬罐が沸騰して来ると、千吉はコーヒーを淹れた。やり方はフィリップに教わった。ネルの袋に入れたコーヒー豆にゆっくりと湯を注ぐのだ。細かい泡が出る。その泡が消えない内に湯をつぎ足す。埃っぽい部屋にコーヒーの香りが拡がった。

「香ばしい匂い……」

小鶴がうっとりとして言った。

「香ばしいなんて、洒落(しゃれ)たことを言うよ」

「まだ、わだすばからかう」

「感心してるんだよ。あのね、小鶴。東京の深川という所に古いお寺があるんだよ」

千吉はお順に聞いた話を始めた。小鶴はその話を熱心に聞いた。

話が終わると小鶴の眼は、うっすらと赤くなった。

「雨竜さん、わだす、源氏名は小鶴だども、本名はつるだなす」

「ふうん……それで小鶴かい。大鶴にはしなかったんだね?」

千吉がからかうと小鶴は千吉の腕を叩いた。

その力は存外に強かった。

「誰が大鶴にするって。悪りい冗談こいで……でも、いい話だなす。鳥や獣の方が情が濃いってことだべせ？」

「そうかも知れないね」

差し出したコーヒーを小鶴は苦手な酒でも飲むみたいに眉間に皺を寄せて啜った。

「どうだい？」

「うめェ」

「…………」

「雨竜さんが淹れてくれたせいだべな」

小鶴はそう言って丈夫そうな歯を見せて笑った。二階の窓から見える外は横殴りに吹雪いている。白く煙って、遠くの方は何も見えない。

真っ赤に燃えたストーブを前に、千吉はしかし、幸福な気持ちでいた。小鶴は両手でカップを大事そうに持っている。くすんだような色の着物と丈の長い羽織である。よく見ると黒地に臙脂色の花模様が織り込まれていた。

「小鶴、君に洋服を買ってやろうか」

千吉は思いついたように言った。

小鶴はふうふう息を吹き掛けながらコーヒーを啜ると「いらね」と、ぶっきらぼうに応えた。

おうねえすてい

一

明治六年（一八七三）二月。

雨竜千吉は函館の大町にある「日本昆布会社」の勤めを終えると、船場町にある財前卯之吉の住まいを訪ねた。

突然の訪問であるから、果たして卯之吉が快く自分に会ってくれるかどうかは大いに不安であった。しかし、卯之吉を訪ねることはフランス人の宣教師ジャン・フィリップの勧めによるものである。千吉が英語を志し、いずれ通詞（通訳）に就きたい旨を卯之吉に伝えれば、あるいは道が開けるかも知れないとフィリップは言った。千吉は最初、親しくなったフィリップに英語を伝授してくれと申し出たのだ。フィリップはそれをあっさりと断った。自分はフランス人であるし、日本語を覚えることに興味はあるが英語はさして堪能ではないと。それよりも専門にそれを習い覚えた人間に教えを請うのが近道だと千吉を諭した。フィリップはその時、財前卯之吉の名を出したのである。財前卯之吉は明治政府が正式に公認した通詞であったのだ。

ここが東京や横浜というのなら、別に卯之吉の力を頼みにしなくてもよかった。現に千吉は横浜にいた頃は貿易商のマイケル・ケビンから生の英語を伝授されていたのだから。

家庭の事情で叔父の経営する会社を手伝うために函館にやって来た時、通詞になりたいという夢を千吉は半ば諦め掛けていた。

しかし、函館は開港と同時に外国船が頻繁に出入りするようになり、在留する外国人の姿も目につくようになった。千吉は学習欲というより商売の必要から英語を再び始めなければならなくなった。一つには叔父の命令であり、もう一つはお順への対抗意識であったのかも知れない。

お順に対する千吉の気持ちは曖昧だった。

恋心を感じていたのは確かだったが、お順が人の妻となったことを知ると気持ちは萎えた。萎えたがしかし、完全に諦めるところまでは行っていない。日に一度はお順のことを考えた。その気持ちを千吉は持て余していた。

お順はアメリカ人の妻になっているのだから、さぞや英語が堪能であろう。それでなくても父親は幕府の通詞であった。語学の才は普通の女性より優れて当たり前である。早くお順の語学力に追いつきたいという気持ちが千吉にはある。

お順は自分のことをどう思っていたのだろう。皮肉屋の青二才、小心者、甲斐性なし……多分、そう思っていたはずだ。それでも時折、自分に縋るような眼を向けた。

（千ちゃん、あたしを連れて行って。あたしを傍に置いて。千ちゃん、あたしに本当のことを言って。しみ真実、本当の気持ちを伝えて……）

千吉にはなぜか、お順の心の叫びが聞こえるような気がした。しかし、千吉はお順の喜ぶような言葉は言ったことがない。函館に来てもいい、とは言った。お前一人ぐらいは食べさせてやるとも言った。しかし、妻になれとは言わなかった。お順は千吉の言葉を笑いではぐらかした。千吉がどういう男なのかを知っていたからだろう。手放しで縋りつける男ではないことを、お順は察しているのだ。

船場町は大町からほんのひと歩きの所にある。目の前は港になっていて、岸壁を波が盛んに洗っていた。

財前卯之吉の住まいは測候所を兼ねている。

卯之吉は英国人のアレキサンドル・ポッポ・ポーターから英語を学んだ男で、

函館では有名な人物だった。ポーターは函館に在留していた貿易商であったが、明治三年（一八七〇）に函館港内取り締りに任じられた。その後、港長として運上所（税関）内に港長局を置いたという。卯之吉はポーターが運上所の仕事に就く前から彼の経営する「ポーター商会」で働いていたのだ。

それは英語を体得する目的に外ならなかった。

二

財前卯之吉の家は普通の平屋であったが、屋根の上に鯉幟の吹き流しのような物を立てているのが人目を惹く。二月の函館に吹き流しがふさわしいとは到底思えない。函館は相変わらず凍れる日々が続いていた。千吉は函館に住むようになってから前屈みで歩くくせがついた。油断すると、すぐに足許をすくわれて転倒した。

財前の家の吹き流しは風の向きと強さを知るために立てられていた。測候所はイギリスの貿易商トーマス・ライト・ブラキストンの勧めだという。海難事故を防ぐ目的で設置されたようだ。

玄関で訪(おとな)いを入れるとワイシャツの上にチョッキを羽織った三十五、六の痩(や)せた男が千吉の前に顔を出した。襟許(えりもと)の小さな蝶(ちょう)ネクタイが少し窮屈そうに見える。洋装をしていなければ下町の火消し人足のような、いなせな風貌(ふうぼう)である。

「何んだ、お前(め)ッ？」

いきなり怪訝(けげん)な顔で千吉に訊(き)く。金壺眼(かなつぼまなこ)が神経質そうに、しばたたかれた。

「ぼ、ぼくは大町の昆布会社に勤務している雨竜千吉というものです。突然伺(うかが)いまして失礼致します」

千吉は面喰(めんく)らいながらも応(こた)えた。

「ああ、あすこの会社に勤めているのが。で、用事は何んだ？」

男は千吉の会社のことを覚えていたようだ。

「財前卯之吉さんにお目に掛かりたく参りました」

「おれだ」

本当に目の前の男が明治政府が公認した通詞なのだろうかと千吉は訝(いぶか)った。

礼を欠いた物言いをするのは自分を年下と見てのことかと千吉は思う。

「実は基坂(もといざか)のフィリップさんからのお勧めで財前さんにお会いするように言われて来ました」

「ああ、あのヤソの坊さんな？」

卯之吉は得心したように大きく肯(うなず)いた。

「ほんで、何んでおれに？」

「実は、ぼくは横浜で英語を勉強していたのですが、こちらに来るようになってその機会が失われておりました。いっそやめてしまおうかとも考えていたのですが、どうも土地柄と言いますか、函館は外国人とのつき合いも多く、英語の必要を強く感じていたところです。英語の私塾に入ろうにもつてがなく弱っておりました。そんな時、フィリップさんが財前さんのことを教えて下さいました」

「なるほどな。ま、中さ入れ。コーヒーでも淹(い)れてやるべ」

卯之吉は千吉の事情を知ると気軽に中へ促(うなが)した。少し広い土間に机やら椅子(いす)を持ち込み、即席の洋風応接間をきどっている。障子(しょうじ)で遮(さえぎ)られた奥は茶の間になるのだろう。

土間の中央には薪(まき)ストーブが赤々と燃えていた。一月の函館は降り積もった雪が氷となって地面を覆(おお)い、相変わらず刃物のように頬(ほお)を突き刺す風が吹いていた。北国では暖かい火がなによりのもてなしである。

「そこさ座れ」

卯之吉は座蒲団をのせた古い椅子を顎でしゃくった。

「横浜で学校さ、通っていたのが？」

卯之吉はコーヒー豆を挽きながら訊いた。

「いえ、友達と家を借りて貿易商をしていたマイケル・ケビンという人から英語を習っておりました。ぼくの家は横浜ではなく東京にあったものですから」

「ただ、英語の勉強するだけでが？」

卯之吉は驚いた顔で畳み掛ける。

「いや、学費を稼ぐために内職をしておる者もいましたが、ぼくはまあ……何もしておりませんでした」

「いいご身分なもんだな」

卯之吉は皮肉な言い方をした。

「さしずめお前ェ達は、これからの世の中、英語を覚えておけば好都合だろうと考えたんだべ？」

「はい……」

「まず、そういう了簡だば、何があった時に、すぐに潰れる」

「…………」

「どうしても、これを覚えねばなんねェってやるんでねば、英語なんざとてもとても」

「必死でやりたいと考えております」

千吉がそう言うと「はん」と卯之吉は小馬鹿にしたように笑った。

「どうだがな」

「財前さん、ぼくは財前さんのように通詞になりたいという夢を持っております」

挽いた豆をネルの袋に入れ、卯之吉は器用な手つきでストーブの薬罐の湯を袋の中に注いだ。ネルの袋の下は白いほうろうの薬罐だった。

「おれ、お前ェから見ればとても通詞に見えねべ？」

「いえ……」

「気ィ遣わねくてもいい。おれは元々、船大工だからよ」

「そうなんですか」

「親父は、こっちでは、ちょっと名の知れた船大工だった。それで息子のおれは親父の仕事を手伝っていだのよ。さ、コーヒー入った。砂糖、いるが？」

「はい。少し……」

カップは華奢な把手のある白いものだった。

湯呑にでも入れるのかと思っていた千吉は、卯之吉が戸棚から取り出した外国製らしいカップに少し意外な感じがした。そのカップと卯之吉が、どうもそぐわない。

「親父は箱館丸を造った男よ」

卯之吉は得意そうに言った。箱館丸は日本初の西洋型帆船であるという。しかし、二本マストの帆を張る段になって迷った。どうにもやり方がわからず往生したそうだ。

「さすがの親父も按配がわがんなくなって頭ば抱えた。それでおれは、たまたま造船所にいたエゲレスの水夫さ訊いた。なん、その頃は英語なんざ知らねッ。身振り手振りよ。ノート・ブックに船の絵っこ描いて、帆の張り方を教えて貰った。それがまんまとうまく行って、ようやく水卸（進水式）ができたのよ」

函館の訛りの強い卯之吉の話の中に「ノート・ブック」という単語が挟まれるのが微笑ましい。千吉は興味深く卯之吉の話を聞いた。

それが卯之吉が英語と出会うきっかけだったのであろう。もしも英語を理解していれば、この先、どれほど役立つことだろう。そう思うと卯之吉は積極的にイギリス人の水夫から身振り手振りで英語を習い始めたのだ。

すべて卯之吉の独力だった。千吉はそのことに大層驚いた。

「それではアルファベットも、その式で覚えられたのですか」

千吉は畳み掛けた。

「んだ。奴らの喋る話ば、じっと聞いて、それをノート・ブックに書いて貰う。いやあ、手間隙掛かったでェ。寝ても覚めても英語のことばっかり……よくも飽きねがったと今だら思う。おれもまだ二十一、二だったからな。お前ェ、幾つだ？」

「二十六です」

「そんなら、ま、馬力はあるわな」

卯之吉はその後、船大工の仕事を退き、英語を職業にしようと考えたという。

「財前さん、ぼくに英語を教えて下さい」

千吉は立ち上がり、深々と頭を下げた。

「教えねッ。お前ェが覚えたがったらお前ェの力でやることだ」

卯之吉はあっさりと断った。

「しかし、ぼくには師匠もおりませんし……」

「どうしてもわがんねェごとあったら教えてやる。だが、それまで一人でやれ」

「………………」

「なあに、おれにできたんだからお前ェにできねェことはねッ」

「ですが……」

千吉は途方に暮れた。一人でやれと言われても、そのやり方がわからないから卯之吉を頼ったのだ。

「おれよ、『萬用手控』つうのを拵えた」

「萬用手控？」

「んだ。イギリス人から聞いた単語に意味ばつけて本にしたものだ。おれの苦労作だ。それを写せ。役に立つはずだ」

「お借りできますか？」

「何んで貸すが」

卯之吉は呆れたように吐き捨てた。

「お前ェがそれを持ってトンズラしたら、後の祭りだべせ」

「………………」

「毎日、ここさ来てノート・ブックに写せって言ってるんだ」

「はい……」

千吉は仕方なく肯いた。

「面倒臭ェが？」

卯之吉は千吉の胸の内を読んでいるように訊く。

「いえ……お邪魔ではありませんか？」

「なん、構わねッ。お前ェがどれだけ本気か、それでわがるってものよ。おれがいねェ時は嬶ァさ言っておくからよ。ただし、それ持ってトンズラしたら、ただでは置かねェ。半殺しにするからな」

卯之吉はその時だけ凄んだ声になった。

三

それから千吉は会社の勤めを終えると卯之吉の家に通い萬用手控を写した。卯之吉が手造りした辞書である。きれいに製本され、表紙には毛筆で「萬用手控」と書かれていた。中身は西洋紙にペン書きされ、実にきれいな筆記体の英単語と、その意味が日本語で記されている。しかし、千吉は写している途中で早くも音を上げた。卯之吉の喋るそのままの強い訛りが随所に見られたからだ。単語より、その訛りを帯びた日本語を理解する方が千吉には難しかった。

rainbowにはカタカナで「ニヅ」と意味が記されている。ニヅは少し考えて虹のことだとわかったが、lightningは「イナシマ」とある。雷という文字が添えられていなければ意味は不明であったろう。fogは「カシミ」で、これは霞のことだろう。

deliciousは「ンマイ、ヨギアジ」ときた。demandは「サイソグ」、leadは「ミッビク」であった。万事がその調子である。千吉は仕舞いには嫌気が差していた。しかし、そこで投げ出しては卯之吉に、そら見たことかと笑われるような気がして、表向きは何事もない顔で萬用手控をノートに写していた。

ノート写しに疲れを感じた頃、千吉は久しぶりに「島の廓」と呼ばれている東築島の梅本楼を訪れた。馴染みの遊女小鶴に会うためだった。

「仕事、忙しがったのが？」

小鶴は千吉の顔を深々と覗き込みながら訊いた。

「いや、それほどでもなかったが、他に野暮用ができたものだから……」

千吉は小鶴に被せられた綿入れの襟を掻き合わせて言った。綿入れは小鶴の手造りだった。ごわごわと木綿の感触が気になるが羽織っていれば暖かい。狭い部屋は火鉢しか暖を取るものはなかった。千吉は小鶴を抱いた後で火鉢に屈み込み、こごえた手をあぶった。

「ずっと雨竜さん、来ながったはんで、よそにおなごでもできたがなあって思ってた……」

小鶴は千吉の背中にぴったりと片頬をつけて呟くように言った。

「おれがそんな薄情者に見えるのかい?」

「ふん。どうせわだすはこんな女郎だし、雨竜さんにいいおなごできれば、そっちさ行ぐとは覚悟しているけど……」

「小鶴……」

千吉は振り向いて小鶴を胸に抱き締めた。

「今は君だけだよ」

「始まった。いつものうまい口がよ」

小鶴は茶化すように笑った。だが、すぐに小鶴は笑いを消して真顔になった。

「勤め人だから、あまりここには来ない方がいいとは思うけど……雨竜さんのおっ母さんがこんな所に通っていると知ったら、腰抜かすべな」

「…………」

千吉の両親は東京で暮らしていた。毎月の掛りは叔父に当たる加島万之助が面倒を見ていた。

「おれはもう大人だ。何をしようとお袋は気にしないさ」

「そんなことはねッ。息子はいつまでも息子だはんで。真面目に働いてくれることば祈っていると思う……いずれ、雨竜さんが嫁さんを貰って孫ができるのを楽しみにしているよ。きっとそうだ」

小鶴は溜め息をついて言った。

「君が嫁さんになってくれるかい」

「でぎねェ相談だべさ。雨竜さん、わだすの身請けの金、用意でぎるのが？」

押し黙った千吉に小鶴は甲高い声で笑った。

「堪忍な。わだす、雨竜さんを苛めるつもりはながったはんで」

「ねえ、小鶴。船場町の財前って人を知っているかい」

千吉は話題を換えるように言った。小鶴は火鉢の上にのせられている鉄瓶を袖口でくるんで取り上げると急須に湯を注いだ。

「財前？」

「財前卯之吉といって、政府の通詞をしている人だよ」

「わがった。測候所の人だな」

「うん」

「大した人だはんで、一人でエゲレス語ば覚えたんだと。あの人の父親は井堂豊吉(いどうとよきち)っていって、腕のいい船大工だったはんで」

「知っているよ。だけど親父が井堂なら息子と名字が違うじゃないか」

「ふん」

小鶴は訳知り顔で千吉の前に茶の入った湯呑を差し出した。

「あの人は長男でながったはんで、財前の家さ、貰われで行ったんだべな。男わらしいねェ家は、よそから貰うべ？」

「そうだね」

「詳しいことはわがんねェよ。聞いだ話だはんで……」

「うん。おれさ、今、その財前って人に英語を教わっているんだ」

「へえ……そう言えば雨竜さんも通詞になりたいって喋(しゃべ)ってたな」

「だから、財前さんの所に行けば何かきっかけが摑(つか)めると思ったんだよ。ところがさ……」

「どうした？」

小鶴は心配そうに千吉の顔を見た。

「おれ、東京者だろ？　あの人の遣う言葉がわからないんだよ」

「エゲレス語でばっかり喋るのが？」

「いいや、そうじゃない。日本語の意味がわからないのさ」

「あん？」

小鶴は狐につままれたような顔をした。

「iceって言葉があるんだけど、それを財前さんはシガって言うんだ。シガって何んだよ。さっぱり訳がわからないよ」

千吉は自棄のように言って髪の毛を掻きむしった。

「シガって氷のことだべさ」

小鶴は埒もないというように応えた。

千吉は驚いて小鶴の顔を見た。そうかと思った。函館の住人は小鶴のように津軽から渡って来た者が多い。その訛りには共通するところも少なくない。

「ねえ、小鶴。おれを手伝ってくれよ。明日、見世は休みだろ？　午前中だけでいいからおれの所に来て財前さんの書いた言葉を説明してくれ。昼飯は奢るからさ。お内儀さんに話を通せば外出させてくれるだろう？」

千吉は小鶴の手を握ってそう言った。小鶴の手はほんわりと暖かい。千吉は小鶴の傍にいると温もりをいつも感じた。

「それは構わねェけど……でも雨竜さん、こんな函館で燻っていてもいいのが？　雨竜さんが本気で通詞になりたいんなら、やっぱり東京にいだ方がいいと思うけど」

「それができないから苦労してるんじゃないか。なあに、財前さんはどこにいても、やる気があれば英語は覚えられると言ったよ。おれもそう思う。しばらく頑張ってみるよ」

「エゲレス語って、そんなにいいものが？」

小鶴は少し醒めた眼をして訊いた。

「そりゃあ、これからの世の中、何んたって英語だと思う。ペリーが来て日本が開港した時から函館にアメリカの船やイギリスの船が頻繁にやって来るじゃないか。函館に住んでいる外国人の数も多い。英語を学ぶ土地柄には恵まれている。これは神さんのお導きだとおれは思っているよ」

「それだけが？」

「何が言いたい」

千吉は怪訝な顔をして小鶴を見た。

「雨竜さん、別れたおなごに意地張っているような気がして……」

小鶴はおずおずと言葉を続けた。

「アメリカ人の奥さんになったんだべ、その人。そしたら英語、喋れるべさ。雨竜さん、そのおなごをアメリカ人から取り戻す気でいるような気がするはんで……」

考えてもいなかった。しかし、小鶴に言われてみると、そんな気がしきりにした。口角泡(こうかくあわ)を飛ばしてお順の亭主に怒鳴る。自分がいかにお順のことを思っているかを。もちろん、言葉は流暢(りゅうちょう)な英語でなければならない。その想像は狂おしいほど千吉を興奮させた。

しかし、千吉は胸の思いを気取(けど)られまいと小鶴を強く胸に引き寄せた。

「思い過ごしだよ、小鶴。おれとあの人は終わったんだ」

「終わっても雨竜さんは忘れた訳ではねェ」

「その内、忘れる」

「いいや、雨竜さんは一生忘れねェ」

「小鶴」

千吉は抱き締めた小鶴の身体を揺すった。

「小鶴だけだよ、おれにとって大事な女は」

「雨竜さん、死んだら閻魔さんに舌、抜かれるべな。こたらに嘘つきの男はいないはんで」

「嘘じゃないよ」

そう言いながら千吉の胸をひえびえとするものが通り過ぎたような気がした。

四

翌日、小鶴は千吉の会社にやって来た。その日は日曜日で会社も休みだった。千吉は会社の二階に寝泊まりしていた。寝間着の上に綿入れ半纏を羽織った千吉は、櫛も入れないボサボサ髪のままで小鶴を中に招じ入れた。

「その恰好のほうが男振りがよく見える」

小鶴は笑いながら言った。小鶴は漢字は読めなかったが、カタカナは覚えていた。千吉が写した萬用手控を見せると、そこに記されていたカタカナをすらすらと読んで意味を説明してくれた。小鶴が来てくれたお蔭で意味不明だった箇所が半分以上も明瞭になった。

千吉は助かったと何度も小鶴に礼を言った。

小鶴も千吉の役に立ったことを喜んでいた。

千吉が昼飯を摂るために着替えを始めると、小鶴はその間、また千吉のノートをぱらぱらと捲っていた。

「なあ、雨竜さん。ここにショウジキ、マゴコロって書いであるけど、エゲレス語で何んと言う?」

「正直? 真心? ええと、それはだな……honesty だよ」

小鶴は衝立の奥の千吉に訊いた。

「おねす?」

「おうねぇすてぃ」

千吉は小鶴にゆっくりと発音してみせた。

「おおねすて」

小鶴はたどたどしく繰り返す。

「おぅねぇすてぃ」

千吉はもう一度ゆっくりと言った。

「おおねすてえ」

小鶴がかなり近い発音をしたので千吉は笑いながら肯いた。

「いい言葉だな。エゲレス語にも正直って言葉があるんだな。それで正直が真心と同じ意味だというのが、わだすは気に入ったはんで」

「君も英語を覚えるかい？」

千吉がからかうように訊くと小鶴は慌(あわ)てて手を振った。

「したども、おおねすてえだけは覚えることにする」

「いい心がけだ。そうだよ、小鶴。人間は何事も正直と真心で人と接しなければならないんだ」

千吉はネクタイを締めながら偉そうに言った。その言葉の重さを、その時の千吉は微塵(みじん)も感じることはなかった。小鶴は千吉のノートを見ながら、しばらくその文字を辿(たど)っていたような気がする。

会社の近くの洋食屋で昼飯を済ませると、小鶴は一人で梅本楼に帰って行った。何度も何度も振り向いて手を振る小鶴が千吉の眼にいじらしく映っていた。

小鶴の愛情を千吉は強く感じた。それによって自分の気持ちが満たされていることも。しかし、自分の部屋に戻ると、千吉はもうお順のことを脳裏に描いていた。深紅のドレスのお順を。築地で別れてから、早くもふた月になろうとしていた。お順への思慕は未だ消えることはなかった。

萬用手控をようやく写し終えると、財前卯之吉は千吉を知り合いのイギリス人に引き合わせてくれた。そこで千吉は簡単な日常会話を交わした。卯之吉は後で筋がいいと褒めてくれた。そして機会があれば、これからもイギリス人やアメリカ人と会わせてやると言い添えた。机上の勉強より英語は実践こそが上達の道だった。千吉は卯之吉に出会ったことで未来に希望の灯が輝くような思いだった。

五

しかし、千吉の英語修業はまたもや中断の憂き目を見る羽目となった。三月に入って強い風が吹いた日の夜半、函館の山の手から火が出た。

火は強風に煽られ、たちまち市内に燃え拡がった。その夜、千吉は遅くまで帳簿付けをしていた。それから床に就いたので火の手が上がったことを知らずにいた。

会社のガラス戸を激しく叩く音に、ようやく目覚めると、外から半鐘の音が喧しく聞こえていた。

「雨竜さん、雨竜さん、起きて下さい。ここは危ないです。早く逃げて下さい」

戸を叩いて叫んでいたのは会社の給仕兼事務係の田中捨吉だった。慌てて階下に下りて行くと、ガラス戸越しに赤い炎が眼に飛び込んで来た。千吉は鍵を開けた。田中は冬だというのに額に大汗をかいていた。自分の家から駆けつけて来たのだろう。坊主頭にも汗の玉が光って見えた。

「早く、早く逃げて下さい。すぐにここも火が来ます」

「会社の物資はどうする？　運び出せないか？」

千吉はそれでも倉庫の中のことが気になった。

「無理です。間に合いません。それよりも命が先です。火は東側に拡がっていますから、雨竜さんは山の方にでも逃げて下さい。早くですよ。ぐずぐずしていると逃げ遅れて焼け死にます」

田中は切羽(せっぱ)詰まった声を上げた。千吉は二階に戻ると洋服に着替え、引き出しの金、それに会社の金を内ポケットに入れた。萬用手控を写したノートを鷲掴(わしづか)みして、転がるように会社を出た。念のために鍵を掛けたのは咄嗟(とっさ)の行動で、さして意味はなかった。

大八車(だいはちぐるま)に家財道具を積んで逃げる人、馬車で逃げる人で、町の通りはごった返していた。おまけに地面は雪が凍って、つるつるなので、すべって転ぶ者が多い。子供の泣き声がやけに耳についた。

千吉は古くから店を開いている味噌(みそ)問屋の屋根が落ちるのを途中で見た。店のお内儀らしい女が泣き叫んでいた。千吉は基坂のジャン・フィリップの所に行くつもりだった。ひと晩の宿ぐらい貸して貰えるだろうと思ったのだ。基坂を上って行く途中、振り返った町は、あちこちに火の手が上がっていた。東築島の辺(あた)りからも火が見える。小鶴はどうしたろうと、ふと思った、無事に逃げているだろうか。千吉の脳裏を、手を振った小鶴の顔が一瞬、掠(かす)めた。だが、千吉はそのままフィリップの住まいへと足早に向かっていた。

フィリップの家は幸い、裏の納屋(なや)を少し焼いただけで大事はなかった。千吉が扉をノックすると、少し青ざめた顔をしたフィリップが「オウ」と嘆息の声を洩らして千吉の肩を抱いた。

「大丈夫でしたか？」

「ハイ、ココモ火ガ上ガッタノデスガ、スグニ風ガ火ヲ吹キ下ロシテ行キマシタ。不幸中ノ幸イデス。アナタノ会社ハ？」

「火が回って来たので逃げるように言われました。それでフィリップさんを頼って来たという訳です。よろしいでしょうか」

「構イマセン。困ッタ時ハオ互イ様」

フィリップは日本人に古くから遣われている言葉を好んでいるところがある。しかし、そう言われて千吉は心からほっとした。

中に促されてソファに座るとフィリップは熱いコーヒーを淹れてくれた。

「大火ニナリソウデスネ？　風ガ強過ギル」

そうしている間も窓ガラスを叩く風の音は激しかった。ランプの灯りも細かく震えていた。

「焼ケ出サレル人ガ多イコトデショウ」

「今夜は格別に風が強いですからね。冬のことで、どこの家でも火を使っています」

千吉がそう言うと、フィリップは溜め息をついて胸のところで十字を切った。

窓の外はいつもなら黒い闇しか見えないのに、その時は不気味に赤く燃える火がちらちらと揺れていた。風の音と一緒に人の声が聞こえた。

「外に誰かいるのですか？」

「礼拝堂ニ信者ノ方ガ集マッテイマス。避難シテ来タノデス。ソンナコトモアロウカト礼拝堂ノ鍵ヲ開ケテ置キマシタ。寒イデスガ外ニイルヨリマシデショウ」

「…………」

千吉はふと、会社に鍵を掛けたことを気にした。もしも会社が焼け残ったなら他の人々の避難場所に使われてもいいと思った。そういう配慮をしなかった自分を千吉は少しだけ後悔していた。

「風が止まない内は火も消えませんね」

千吉はコーヒーを啜りながら言った。

「函館ハ風ノ強イ町デス。火ガ出タラ大変ナコトニナリマス。ドコカラ火ガ出タモノカ……モウ、ワカラナイ」

千吉とフィリップはそれから黙りがちになり、時々、窓の外へ眼を向けていた。半鐘の音は続いた。

うとうとしたつもりが、すっかり眠り込んでしまったようだ。気がついた時、夜は明けていて、自分の身体に毛布が掛かっていた。

フィリップが掛けてくれたのだろう。目覚めて、すぐに窓の外に目がいった。そこは一面、焦土（しょうど）と化していた。ぽつりぽつりと建っているのは土蔵ばかりである。昔から土蔵は火事に強いと聞いたことがある。千吉はそのことを改めて実感した。風はすっかり収まっていたが、空はどんよりと厚い雲に覆われている。

「雨竜サン、起キマシタカ？　外ハ大変デスヨ」

フィリップが外から入って来るなり千吉に昂（たかぶ）った声で言った。

「窓から見ただけでわかりますよ。ぼくの会社もこれじゃあ焼けてしまったことだろう」

「スグ行キマスカ？」

「はい。気になりますから……」

「今、信者ノ方達ガ朝御飯ヲ作ッテイマス。食ベテ行キナサイ」

「ですが……」

「腹ガ減ッテハ戦（いくさ）ハデキヌ」

フィリップは日本の諺（ことわざ）を口にした。

千吉は勧められるままに礼拝堂で握り飯と味噌汁を啜り込むと、すぐさま会社に戻った。

大町の会社は幸い、外から見ると壁を焦（こ）がしただけでさほど被害はないように思えた。

千吉はそのことに幾分、ほっとした。会社の番頭格の鈴木弥吉と田中捨吉がひと足早く会社の前に立っていた。

「どうやら火は免（まぬか）れたらしいな」

千吉がそう言うと鈴木は渋面を拵えて「駄目ですよ。倉庫の物は水を被ってしまいました。屋根が焼けて火消しがそこに水を掛けたので中に入ってしまったんです。さっき、梯子（はしご）を使って屋根に上がって見たんです」と言った。

「何んだって？」

慌てて扉の鍵を開けた。ふと、扉の前に黄楊（つげ）の櫛が落ちているのに気づいた。

それはどう見ても小鶴が頭に挿（さ）していたものだった。鶴の模様が彫り込んであったからだ。小鶴は千吉の会社に来たのだろうか。千吉の胸はつんと堅くなった。

しかし、倉庫の状況を見ることが先だった。千吉はその櫛を背広のポケットに入れると中に入り、階段を上った。

倉庫は鈴木の言った通り水浸しで、これから横浜に送ろうとしていた物資がほとんど使い物にならなくなっていた。千吉の住まいも水浸しで、余計に寒さが感じられた。

「雨竜さん、横浜の社長に報告しなければなりませんね」

後から階段を上って来た鈴木が千吉の背中に声を掛けた。

「災難なんだから仕方がないよ。叔父さんもわかってくれるさ」

「三日後に船が来ます。雨竜さん、ひとまずそれに乗って横浜に行き、社長と今後のことを相談して来てくれませんか」

「ああ、そうする」

「濡れた物資はどうします」

「どうせ売り物にならないんだから、中を見て使える物は君達が当分の間、それで口を凌いでくれ。残りは……そうだ、フィリップさんの所に焼け出された人が避難している。おれ、船が来るまで、フィリップさんの所に厄介になるから、そちらに運んでくれないか」

「わかりました。会社が続けられるよう、くれぐれも社長に言って下さいよ」

「ああ」

「それじゃ、さっそく人足達を集めて整理をしますよ」

「頼む」

会社のことにけりをつけると、千吉は梅本楼に向かった。梅本楼も並んでいた数軒の遊女屋もことごとく焼けていた。焼け死んだ者もいて、筵を被せられた死体が幾つも地面に並べられていた。それを見て千吉は我知らず足が震えてきた。もしや、小鶴がこの中にいるのではないかという恐ろしい想像をしたためだ。線香の匂いがきつい。千吉は知った顔がないかと辺りを見回した。

野次馬がぽつりぽつりと立って、その様子を眺めている。やがて見世の若い者に腕を支えられ、覚つかない足取りでやって来る梅本楼のお内儀に気づいた。

「お、お内儀さん！」

千吉は大声で叫んだ。

「雨竜さん……」

お内儀は泣き腫らした眼で千吉を見た。

「小鶴は、小鶴は無事ですか」

そう訊いた途端、お内儀はわっ、と声を上げた。千吉の胸から悪寒がせり上がり、後頭部が痺れた。若い者は気の毒そうに千吉を見ると、少し離れた所にあった筵を顎でしゃくった。

「馬鹿だよ、あの子は……逃げろと言ったのに戻って来るなんて……」

お内儀はわめいた。

「火が出たんで見世の妓は逃がしたんです。ですが、小鶴はしばらくすると戻って来たんです。それで、まだ中にいた藤城という若い妓を助けようとして自分も煙に巻かれたんでさァ」

若い者は函館の人間ではないようで、訛りのない言葉で千吉に説明した。千吉は自分を責めていた。なぜ、会社の扉に鍵など掛けたのだろうかと。頼る者のいない小鶴が自分の所に来ることは予想できたはずである。もしも会社の中に入っていれば、少なくとも命を落とすことにはならなかったはずだ。

千吉は固唾を飲んで小鶴の筵に近づいた。

そっと筵を捲る。だが、すぐに千吉は後退りした。死体となった小鶴は千吉の知っている小鶴のようには見えなかった。剝き出された歯は苦痛のためにそんなふうになったのだろうか。千吉は掌で口を覆って咽んだ。

逃げ惑う人々に揉まれながら小鶴は千吉の会社にやって来た。しかし、鍵が掛かっていた。大声で呼んでも返答がない。何度も呼んだはずだ。

「雨竜さん、雨竜さん」

何度も何度も。それに応えられなかった千吉は何んという愚か者であろう。

honesty……ふいに千吉はその言葉を思い出した。小鶴は自分にそれを求めていたのだと。薄情、皮肉な自分に、せめて、ひとかけらでいい、正直、真心を見せてほしいと願った小鶴。千吉はそれを思うと身体を苛まれるような気がした。

千吉は小一時間ほど筵に覆われた小鶴を見ていたが、それから、ゆっくりと立ち上がった。フィリップに祈りを捧げて貰おうと思った。千吉はお内儀に幾らかの金を渡し、小鶴をねんごろに弔って貰うよう頼んだ。お内儀は千吉の言葉に再び声を上げて泣いた。

六

「雨竜サン、助カリマシタ。サキホド、アナタノ会社ノ人ガ昆布ヤ魚ヤ、色々ナモノヲ届ケテクレマシタ」

「いえ……二、三日、またお宿を借りたいのですが、よろしいでしょうか。横浜の船が着くまでです」

「ハイ、ドウゾ、ドウゾ」

「それから、ぼくの知っている人が亡くなりました。フィリップさん、祈って下さいませんか？」

　千吉はポケットから黄楊の櫛を取り出した。

「コレハ？」

「小鶴という人のものです。梅本楼にいました」

　千吉がそう言うとフィリップは眉間に皺を寄せた。梅本楼がどういう所かフィリップは知っていたようだ。宣教師をしているフィリップにとって金で欲望を満たす男の気持ちには否定的であったはずだ。

「アナタハ梅本楼ニ通ッテイタノデスカ」

「はい……」

　千吉が応えるとフィリップは大きな吐息をついた。そんな男だとは思わなかったとフィリップの眼が言っていた。

「フィリップさんのおっしゃりたいことはわかります。ですが、そこを曲げてお願いしているのです。それがせめてものぼくの供養です」

千吉がそう言うとフィリップは突然、激昂（げっこう）してフランス語で千吉を詰（なじ）った。握り締めた拳（こぶし）が強く怒りを表していた。フィリップはなぜ小鶴を助けに行かなかったのかと千吉を責めているようだった。千吉は俯（うつむ）いたまま、フィリップの叱責を聞いていた。

「アナタハ神ニ背（そむ）クコトヲシテイタ……」

「…………」

「愛シテモイナイ女性ト交渉ヲ持ッタ」

「しかし、小鶴の仕事が遊女なら仕方がないじゃないですか」

千吉は自棄になって叫んだ。

「アナタハ小鶴サンヲ愛シテイタノデスカ」

「はい、多分……」

「多分？　多分トハ何ンデスカ。アナタハ女性ヲ馬鹿ニシテイル」

「しておりません。馬鹿にしていたなら、小鶴の供養は頼みません」

千吉は強く言った。

「……心カラ祈リマスカ？」

やがてフィリップは根負けして、とうとう低い声で言った。

「はい、誓って……」

フィリップは、ゆっくりと肯くと千吉を礼拝堂に促した。怒りは少し静まったようだ。

礼拝堂は避難する人々が隅の方でそれぞれに肩を寄せ合っていた。フィリップと千吉が入って行くと、話をやめてこちらを見た。

「雨竜サンノ愛スル人ガ亡クナリマシタ。皆サン、一緒ニ祈リヲ捧ゲマショウ」

フィリップは信者達に告げた。信者達は一斉に胸の前で十字を切った。

祭壇の燭台(しょくだい)に火がともされると、千吉はその前に小鶴の櫛を置いた。フィリップは歌うように祈りの言葉を呟く。信者達はその言葉を復誦(ふくしょう)した。高い天井に祈りの声が反響し、得(え)も言われぬ心地になる。西洋の線香だろうか、金属製の容器に入ったものから盛んに煙が流れた。容器には一尺（約三〇センチ）ほどの紐(ひも)が取りつけられていて、フィリップはその紐を振り回しながら信者達の間を歩いた。

祈りが終わると讃美歌になった。震えるような魂を揺さぶられるようなその声は千吉の胸にこたえた。驚いたことに小鶴のことなど全く知らない信者の中に涙を流している者もいた。千吉はその涙に誘われるように自分の眼を濡らした。

フィリップは左手の指を頬に押し当てた恰好で椅子に肘を凭せ掛け、右手の中指の爪はせわしなく目の前のテーブルの上をコツコツと叩いていた。

フィリップは千吉が話す小鶴の人柄を探っていた。千吉はフィリップの前で懺悔をさせられていた。

「可哀想ナ人デシタ。実ニ可哀想ナ人デシタ」

フィリップは何度も溜め息を洩らした。

「ぼくもそう思っています」

「アナタハ小鶴サンヲ妻ニ迎エル気持チハナカッタノデスカ」

「フィリップさん、小鶴を妻にするためには梅本楼に大金を払わなければなりません。その金がなければ小鶴は自由になれないのです。あいにく、ぼくにはその力がありませんでした」

「フランスニモ同ジヨウナ境遇ノ女性ガオリマシタ。町ノ男達ハ『飾リ窓ノ女』ト呼ンデイマシタ。彼女達ノイル所ハ窓辺ニ美シイ花ガ飾ラレテイマシタ」

「…………」

「美シイ花ニ飾ラレタ美シイ女性達……シカシ、ソノ胸ノ思イハ底ナシ沼ノヨウニ深クテ暗イ。雨竜サン、アナタハ小鶴サンノ胸ノ内ヲ考エタコトガアリマスカ？　彼女ガアナタニ何ヲ求メテイタカ……」

「honesty です」

「ホワット？」

「イングリッシュの honesty です」

「彼女ハソノ言葉ヲ知ッテイタノデスカ？」

「それだけを覚えていました」

「…………」

「ぼくは今、その言葉がしみじみ胸にこたえるんです。フィリップさん、人は身近な者に死なれると今まで見えなかったものが突然見えるものですね」

「シカシ、後悔シテモ後ノ祭リデス。気ヅイタ時、ソノ人ハ、モウイナイ」

「はい……」

「シカシ、小鶴サンガソノ言葉ヲ覚エテイタノニ、何カ訳デモアルノデスカ」

「それは……ぼくが昔の恋人を忘れられなかったからでしょう」

フィリップは額に掌を当てて嘆息した。その仕種(しぐさ)はフィリップの癖だった。

「何ンテ酷イ男ナンダ、アナタハ。本当ナラ、アナタトハ絶交シタイクライダ」

「おっしゃる通りだと思います。ぼくは悪い男です。小鶴に対してもお順に対しても……」

「オ順？」

「昔の恋人の名前です」

「オ順サンハ、今ドウシテイマスカ」

「アメリカ人の妻になりました。その理由はやはり金のためでしょう。母親を養うためには金がいります。父親は幕府の通詞をしていたのですが御一新の頃に倒幕派らしい連中に殺されました」

「…………」

フィリップは立ち上がると窓の傍に進み、背中の方で手を組んだ。そのまま窓の外の景色に見入った。

「アナタガ愛シテイタ人ハ、オ順サンデス。小鶴サンハソレヲ知ッテイタノデス。知ッテイナガラアナタニ愛ヲ注イダ。マルデ……マリア様ノヨウニ慈悲深イ人ダト思イマス」

「ぼくはお順のことをきっぱりと諦めて小鶴だけを見つめていればよかったんで

す。そうできなかったぼくはフィリップさんのおっしゃるように愚か者です」

千吉は今まで、このように自分の胸の内を人に語ったことはなかった。愛だの、恋人だのと歯の浮くような言葉を何度も遣ったこともなかった。相手がフィリップだからできる話であった。それは彼が日本人ではないからだろうか。あるいは彼の職業が何事も照れずに千吉に言わせたものか。千吉はその理由がよくわからなかった。しかし、お順と小鶴のことを真面目に聞いて貰ったことで千吉の心は癒(いや)された。

「コレカラドウシマスカ」

「わかりません。とりあえず横浜に行って叔父と今後のことを相談してきます」

「オ順サントハ？」

「え？」

「会ウノデスカ？」

「わかりません」

「ドウシテワカラナイ？　小鶴サンノ言葉ヲ思イ出シナサイ。honesty ノ意味ヲ考エナサイ」

「それは小鶴の気持ちを無視することです」

「違イマス。小鶴サンハ誠実ナ心デ立チ向カエト、アナタニ遺言シタデハアリマセンカ」

「…………」

「自分ノ気持チニ嘘ヲツクナト……アナタガ誠実ニ行動シタ時、小鶴サンハ、アナタヲ許シテクレルハズデス」

「…………」

「ワカリマシタカ、雨竜サン」

振り向いたフィリップの顔に笑顔が見えた。

千吉は大きく肯いた。フィリップは手を差し伸べて千吉に握手を求めた。千吉の手を握ったフィリップの力は強い。そして暖かい。千吉は唇を噛(か)み締めて込み上げるものに堪(た)えていた。

七

函館に物資を下ろし、横浜に戻って行く船に千吉は乗った。着のみ着のままの恰好だった。

それでも財前卯之吉の萬用手控を写したノートはしっかり持っていた。

横浜に戻る前日、千吉は財前卯之吉を訪ねたが、卯之吉の家もすっかり焼け落ち、彼の所在は不明だった。函館に再び戻って来た時に改めて訪れようと、千吉は、その場を後にした。

あれから千吉は時々、小鶴の夢を見た。夢の中の小鶴は黙って千吉を見つめていた。助けてやれなかった自分を恨(うら)んでいるのか、憎んでいるのかよくわからない。いつもの無表情のままだった。

函館から船で発(た)つ時、フィリップが見送りに来てくれた。僧服の上に厚い外套(がいとう)を羽織り、頭には毛皮の帽子を被っていた。船の上からフィリップの姿を見た千吉はまるで大きな蝙蝠(こうもり)のようだと思った。当分の間、彼は焼け出された信者の世話に明け暮れるのだろう。己(おの)れの倖(しあわ)せより他人の倖せを願う彼の生きる姿勢を千吉はまだまだ理解できない。信仰を持って生きるとは、それほど己れを無にできるものなのか。しかし、二十六歳の千吉はフィリップと出会ったことが人生の幸運だったとしみじみ感じていた。

船が横浜に着くと千吉はまっすぐに日本昆布会社の本社に向かった。横浜港から近い場所に本社はある。

叔父の所へは函館大火の報がすでに届いていたようで千吉の労をねぎらってくれた。しかし、焦土と化した函館に新たに物資を送ってしまったことを大層悔やんでいた。何もならない、利益が出ない。叔父はそのことばかりを言った。千吉にも、そこに頭が回らなかったのかと詰った。心底腹が立った。

叔父は、千吉と話をしている間も懐から金時計を取り出して次の予定の時間を気にしていた。

「函館の店を一時、閉めるとするか……」

仕舞いにはそんなことも言った。四十五歳の叔父の整髪した髪には白髪一本も見えない。

朝からビフテキを食べるほど精力的な男である。遮二無二商売に奔走する叔父に千吉は時々、辟易となった。

「ですが、函館では外国人も多く在留しています。まだまだ商売ができる土地だと思いますが……」

千吉はようやく言った。

「去年から鰊の不漁が続いている。今年もどうやら駄目らしい。あれは安いから買う人がいる訳で、目の玉の飛び出る値段になっては見向きもしないよ」

「………………」

「昆布もぱっとしないしなあ……」

叔父は血色のよい顎を撫でる。

「ま、しばらくお前は本社の帳簿付けでも手伝ってくれ」

「じゃ、すぐには函館に戻してくれないのですか？」

「何んだ？　惚れた女でもできたのか？」

叔父はその時だけ悪戯っぽい顔になった。

「そういう訳じゃありませんよ。親しくなった人も多くなりましたし、英語の師匠もできましたから……」

「ふん、所詮、田舎の港町だ。何ができる訳でもない。お前はまた、元の友達の所へでも行って時々は英語をやって来い。早くペラペラになって貰わなければ困る」

叔父はそう言って身体が沈み込みそうなソファから腰を上げた。部屋のドアの把手に手を掛けて、思い出したように千吉を振り返った。

「そうそう、長崎屋の娘がここに来ていたよ」

千吉の胸がその瞬間、大きな音を立てた。

「お順が？」

「ああ。函館の大火のことを新聞で知ったのだろう。心配して様子を聞きに来た」

「それで叔父さんは何んて応えたんです？」

「あれは、おっちょこちょいだから逃げ遅れて死んだかも知れんと言った」

「………」

「あの娘の顔ったらなかった。おれの胸倉摑んで、叔父さんのくせに、よくもそんなことを言うものだと泣きながら喰って掛かった。気の強い娘だ」

加島万之助は唇に薄い笑いを貼りつかせて部屋を出て行った。千吉は吐息を一つつくと窓の傍に進んだ。港に停泊している船が眺められた。函館の港の景色とさほどの違いはない。しかし、風の強さが違う。気温も、町の匂いも。雪の全くない横浜にいると妙な気持ちになった。

頰を刺す風に慣らされていると、穏やかなそよ風さえ居心地が悪かった。

お順はまだ築地にいるようだ。そのことに千吉はほっとした。自分の安否を心配して本社まで訪ねて来てくれたことは舞い上がりたいほど嬉しかった。

会いたい。しかし、会ってどうするという気持ちも千吉にはある。千吉はその日、早々に本社から出ると東京に向かった。

小網町の家に帰る前に足が自然に安針町に向かった。長崎屋がその後どうなったか知りたかった。お順との懐かしい思い出が詰まっている所である。千吉の脳裏には今でもお順が揺り椅子に座って本を読んでいる姿が易々と思い出せた。お順にまた着物を着て貰いたいと思った。髪も洋髪ではなく普通に結って。そうしたら昔ながらの自分達に戻れそうな気がする。

長崎屋は店ごと、すっかり取り壊され、更地となっていた。そうなると元の店構えがどうであったのかさえわからない。存外に奥行きがあると思っていた家は更地となって見ると驚くほど狭い。そこに夥しい古道具が本当に納められていたのだろうかと千吉は訝った。

こうして過去が一つ一つ消えて行くのかと千吉は思った。こうしてお順と自分との距離も拡がって行くのだとも。

千吉の実家は古い仕舞屋である。昔は賑やかだった通りも今はひどく寂しく感じられる。まるで忘れられたように、ひっそりとしていた。遠くに引っ越した人も多く、住んでいるのは年寄りばかりのような気がした。黒板塀の続く狭い通りを抜けると千吉の両親の家になる。母親はともかく、腑抜けの父親と顔を合わせるのが苦痛だった。正月に上京した時も、顔を出してひと晩泊まったが、早々に退散して叔父の家の方で寝泊まりしていたのだ。函館に戻らないとすれば横浜に住まいを見つけなければならない。千吉はそんなことを、ぼんやりと考えていた。

路地の湿った黒土の地面だけが昔のままだ。千吉は足許に視線を落として歩いていた。

その目の先に海のように青いドレスの裾が飛び込んで来た。驚いて顔を上げるとお順が大きく眼を見開いてこちらを見ていた。一瞬、夢かと思った。

「今、小母さんの所に行って来たばかり……」

お順は低い声でようやく言った。こんな偶然があろうとは思いも寄らない。お順は、叔父の話では埒が明かないので小網町の千吉の家を訪れたようだ。

「心配してくれたそうだね。叔父さんが言っていたよ」

千吉は平静を装って口を開いた。

「叔父さん、ひどいことを言ったのよ」

「知っているよ。死んだかも知れないって君をからかったんだろう？」

「そうよ。千ちゃんは函館で暮らしているし、あたしはモディールの女房。もう関係ないんだと思っていたけど……でもでも、生き死にのことになったら別よ。あたし、千ちゃんが死んで平気でいられない！」

　お順は悲鳴のような声で叫んだ。

　千吉は思わずお順の手を取った。お順は千吉の胸にぶつかるようにしがみついた。そのままお順は低い声で泣いた。

「おれもお順がアメリカに行ったらどうしようと考えていたんだ。そうなったら本当におしまいだと……」

「行かない、絶対行かない！」

　お順は自分の言葉に力を込めた。

「本当かい？　行かないでくれるかい？　そしたら、おれ、今度は本当にお順のこと考えるから。本気だから。お順に honesty で応えるから」

「honesty？」

　お順は顔を上げて千吉を見た。

「うん……」

「こんな時、横文字なんて遣わないでよ。あたし達、日本人よ」

ぴしゃりと頬を打たれた気がした。英語で毎日を暮らすお順にとって生噛りの英語を喋った千吉が不快だったのだろう。

「ごめん……しみ真実、お順に惚れている」

千吉は言い直した。お順の顔に喜びが拡がり、千吉の胸に再び顔を埋めた。

「ああ、千ちゃんの匂いがする……このまま時間が止まればいい」

お順はうっとりとした声で言った。

「築地まで送って行こうか？」

千吉はお順の耳許に吐息を吹き掛けて言った。お順は身を捩らせて「帰らせたいの？」と訊いた。

「帰したくはないよ。だけど今は……」

「先のことはこれから考えると言うんでしょう？　わかっているわ。でも、今日は、今日だけは千ちゃんと一緒にいたい……」

「行くあてなんておれにはないよ」

「千ちゃん、黙ってついて来て……」

お順は低い声で言った。

お順が向かったのはやはり築地の外国人居留地だった。自宅に連れて行くつもりだろうかと千吉は思ったが、お順はその中に建っているホテルにすっと入って行った。

堂々としていた。悪びれたところは少しもない。流暢な英語でフロントの男に部屋を頼むと、すぐに鍵を持って千吉を促した。

「平気な顔をしてよ。友達の部屋にでも行くような振りをして」

お順は小声で千吉に命令した。千吉は言葉もなく肯いていた。

二人の入った部屋は、さして広くはなかったが、落ち着ける所だった。お順は羽飾りのある帽子を取ると、結い上げた髪のピンを外し、頭を左右に振った。長い髪が青いドレスの背中に散った。

「ずい分、大胆なことをする。おれは肝が冷えたよ」

「だって、こうするしかないのよ。あたしにも千ちゃんにも他に行き場所はないもの。可哀想な二人だもの……」

お順は悪戯っぽく千吉を下から見上げた。

「旦那に知られたらどうする」

「平気。彼だって浮気しているから」

「男と女は違うよ」

「怖いの?」

「…………」

お順の眼がきらきらと燃えていた。千吉はひどく喉の渇きを覚えた。千吉はお順に何か飲みたいと言った。レースのカーテン越しに大川が見えた。まるで大川ではなく、見知らぬ外国の川のように思えた。

お順が注文したのはビア酒という泡の立っている琥珀色の酒だった。ふわりとした苦味がある。さほどうまいとは思わなかったが喉の渇きを癒すことはできた。

手持ち無沙汰にお順はぱらぱらとテーブルのノートを捲った。萬用手控を写したものである。お順は、たちまち噴き出した。

「すごく訛っているわね。これは誰かの物を写したの?」

「ああ。函館で通詞をしている財前卯之吉という人が書いた物を写した」

「聞いてみたいわ。どんな英語なのか」

お順の表情にはからかう色があった。千吉は、むっと腹が立った。

「財前さんは、たった一人で英語を覚えた人だ。無人島に辿りついて、そこの原住民と初めて会ったと思いなよ。最初は身振り手振りから始めるじゃないか。財前さんは、そうやって苦労して英語をものにしたんだ。東京ばかりに優秀な人間が集まっていると考えるのは大間違いだ」

お順は、ぱたりとノートを閉じた。

「千ちゃん、変わったわ……ううん、悪い意味じゃないの。すごくいい人になったみたい」

「…………」

「千ちゃんをそんなふうに変えたのは、その財前さん？　それとも……」

お順の勘は鋭い。千吉から小鶴の存在を嗅ぎ取ろうとしている。千吉は空咳をしてグラスのビア酒を呷った。窓の外は黄昏ている。

今夜、自分はここでお順と時を過ごす。それが始まりなのか、それともつかの間の逢瀬で終わるのか千吉は予測もできなかった。

「さっき、honesty って言ったわね？　わざわざ、その言葉を遣った理由は何？」

お順は喰い入るように千吉を見つめる。

「それはね、お順」

立ち上がった千吉はビア酒の酔いをくらりと感じた。小鶴のことを白状しそうな自分と千吉は必死で戦っていた。言わないことがお順に対するhonestyだと思った。お順を傷つけたくなかった。小鶴に抱いた後悔はもうしたくない。そう思うと千吉はものも言わずにお順の唇を塞ぎ、そのままベッドの上に押し倒していた。お順は大袈裟な悲鳴を上げた。千吉は燃えるような欲望を感じながら、胸の中がしんしんと冷えていくのをどうすることもできなかった。

明の流れ星

一

明治六年（一八七三）七月。

梅雨の明けた東京はすでに真夏の陽射しが降り注いでいた。舟で向島を訪れたお順は、鄙びた景色が眼に入ると、少し長い吐息をついた。向島は御一新前とさほど変化がない。そのことがお順をほっとさせる。

築地の外国人居留地で暮らすお順は近代的な建物に、もはや驚くことはない。清潔で瀟洒で無駄のない快適な暮らしも身体に馴染んでいる。しかし、お順は心のどこかでそれ等を受け入れ切れない自分を感じる。昔ながらの景色を前にして寛いだ気持ちになるのはそのせいだろう。

それでも洋装には最初から抵抗がなかった。もともとお順は他人と違う恰好を好むところがあった。夫のクラーク・モディールから結婚前にドレスを進呈された時も気後れを覚えることなく嬉々として身につけたものだ。

ただ、美しいドレスを身につけた時、傍にいる男性がモディールではなく、雨竜千吉であったならと、ふと思うことがあった。その気持ちをお順は持て余した。

雨竜千吉はお順の家がやっていた唐物屋の客の息子だった。父親と一緒に店を訪れて来たのが彼を知るきっかけである。三歳年上の千吉はその頃、向学心に燃え、無邪気な表情も見せる少年であった。幕府の通詞（通訳）をしていたお順の父親がたまたま店にいたイギリス人と話をするのを見て、千吉も通詞になりたいという夢を持つようになったらしい。

そのことはお順の父親を大いに喜ばせた。

いずれ自分の弟子に迎えて色々と千吉に指南するのだと父親の平兵衛は意気込んでいた。

しかし、平兵衛は御一新の少し前に倒幕派と思われる連中に暗殺された。代々、御家人として幕府に仕えていた千吉の父親も御一新により禄を失い、唐物屋の真似事のような商売を始めて失敗した。

平兵衛の亡くなった後、三年ほど経って安針町にあった店は畳んだ。正式の夫婦でなかった母親は父親の死で、その店の権利を父親の家族に取り上げられてしまったのだ。代わりに向島にあった立ち腐れたような一軒家をあてがわれたが、生計を維持するためにお順は働かなければならなかった。

父親が通詞をしていたのでお順は外国語が少し話せた。語学の才を買われてクラーク・モディール商会に秘書として雇われた。クラーク・モディール商会は外国からの輸出入の仕事をする会社であった。社員五人という小人数の会社である。モディールの仕事を手伝って半年ほど経った頃、お順はモディールから結婚を申し込まれた。その頃には千吉と会う機会もなくなっていた。

千吉は英語の修業のためにしばらく横浜にいたが、いつの間にかそこも引き上げて、遠く北海道の函館に行ってしまった。お順に別れの言葉一つなかった。所詮、自分と千吉はその程度の薄い縁だったのだとお順は思った。

モディールとの結婚を承諾したのは千吉に対して失望したせいもあったと思う。

土間口の引き戸をからからと開けると「お順かい?」と、母親のお蔦の声が聞こえた。お順はろくに返事もせず靴を外し、紺のスカートの裾を引き摺って座敷に上がった。薄紅色の袖のたっぷりしたブラウスに羽飾りのある帽子を被り、日除けのレースの日傘を差して来たが、お順は舟を降りて、母親の家に着くまで通り過ぎる人々から好奇の眼を向けられた。東京でも洋装の婦人が現れはじめたものの、向島まで来るとさすがに珍しいようだ。

お蔦は長火鉢の前で煙管を遣っていた。

「煙草なんていいの？　風邪が治ってまだ本調子じゃないだろうに」

お順は詰る口調でそう言った。

「なあに、もう大丈夫さ。おや、きれいだねえ。その上着、よく映るよ」

「人にじろじろ見られて具合が悪かったよ。築地や銀座辺りじゃ、そんなこともないのに」

「モジさんは元気かえ？」

「まあね」

お蔦はモディールと言えなくてモジさんと縮めて言う。お蔦は煙管の雁首を灰落としに打ちつけた。

「アメリカにはいつ行くのだえ？」

お蔦は茶の用意をしながら畳み掛けた。モディールが本国へ帰る日は近い。妻のお順は当然、同行しなければならないことになる。

お蔦のほつれ毛の目立つ丸髷には黄楊の櫛と翡翠の玉簪が挿し込まれている。水を何度も潜ったような藍染めの浴衣に浅黄のしごきを締めただけの恰好だった。今年に入ってから、お蔦は風邪をこじらせて長く床に臥せっていた。ようやく回復の兆しが見えたところである。

「そのことだけどさ」

お順は帽子を取り、脇に置くとお蔦に向き直った。

「あたし、行かないつもりでいるの」

「何んでまた……わたいのことなら気にしなくてもいいよ。なあに、近所の人もいるし、おちかも様子を見に来てくれるから」

お蔦はお順の前に湯呑を置いて言った。おちかは日本橋にいるお蔦の妹のことだった。

「おっ母さんのことばかりじゃないの。どうにも気が進まないのさ」

お順はそう言って簾越しに外へ眼を向けた。

大川が見えた。まるで糊でも溶かしたようにとろりと温んでいる。

「モジさんの女房になったんだから、そういう訳には行かないよ」

「だから離婚しようと思って」

「………」

「おっ母さんは反対だろうね」

「だって、離婚した後、どうやっておまんま食べて行くのさ」

「食べるだけならどうにでもなるよ。また、あたしが働いたっていいんだし……」

「お前は簡単に言うが、このご時世じゃちょいと難しいような気がするよ。わたいは何んとも言えない。まあ、他に男でもできたと言うなら話は別だ」

「…………」

黙ったお順の顔をお蔦はまじまじと見つめ「いるのかい？」と訊いた。お順は首を振った。

「なら、四の五の言わずにアメリカでも天竺でも行ったらいいんだ」

「誰が天竺に行くと言った？」

お順はさもおかしそうに笑った。

「わたいにすればアメリカも天竺も同じことだよ。お前が傍にいないとなれば」

そう言ったお蔦の顔が僅かに曇った。やはりアメリカ行きは断固拒否しようとお順は決心を固めた。それはお蔦のためというより千吉のためでもある。

（お順、しみ真実、お前に惚れているよ）

函館から戻って来た千吉の言葉が今もお順の胸に蘇る。世の中を斜めに見ているような男がお順の前で本音を吐いたのだ。函館にいた時の女性の影も気になるが、お順は余計なことは考えまいと努めていた。自分の立場や千吉の事情をあれこれと詮索すれば、二人が一緒になる理由に水が差される。お順はもう千吉と離れる気はなかった。

「モディールと別れ話がこじれたら、こっちに逃げて来るかも知れない」

お順は真面目とも冗談ともつかずにぽつりと呟いた。

「勝手におし。どうせお前はわたいの娘だ。まともな結婚が身につかないのは覚悟していたことだし」

「嬉し……」

お順はお蔦の背中に回って、首に両腕を絡め、その細い身体にしがみついた。

「これ、重いよ。肩が凝るって言うのに……」

そう言いながらお蔦はお順の手を何度も叩いた。お蔦の手の甲は皺と茶色のしみが目立った。おっ母さんは年寄りになったとお順は思った。

二

雨竜千吉の叔父（おじ）が経営する「日本昆布会社」は、もともと、北海道の産物を東京に運んで利益を得ていた会社であるが、最近は企業の規模も拡大して外国からの物資も扱うようになっている。また、商用で訪れる外国人の案内なども引き受けることがあった。

日本昆布会社という名称が時代の流れにそぐわなくなっているのを叔父の加島万之助は最近、とみに気にするようになった。叔父はいずれ横文字の洒落（しゃれ）た社名に改めたい様子である。しかし、社名を改めたことで、せっかく勢いづいている運がなくなりはしまいかと妙な心配もしている。加島万之助は辣腕（らつわん）の実業家である一方、験（げん）をかつぐ古風な面も持っていた。

千吉の拙（つたな）い英語は本社に戻って来てすぐから、否（いや）も応（おう）もなく遣わなければならなくなった。日本昆布会社はイギリス人やアメリカ人の客が増えていたからだ。千吉の意思が彼等に伝わらなくて「ホワイ？」「ワット？」が盛んに会話の中に挟（はさ）まれた。千吉は顔を赤らめながら、必死で状況を説明するのだった。

学習としての英語と実地の英語が明らかに違うことを千吉は身に滲みて感じた。特に、この七月にアメリカ・オハイオ州から訪れたアルフレッド・ドーンの言葉には千吉も往生していた。

アルフレッド・ドーンはオハイオ州で農場を経営するエドワード・ドーンの息子であった。開拓使が購入した牛二十頭とともに横浜港に着いたのである。牛は麻布にある開拓使麻布三号官園に運ばれた。ドーンはすぐに帰国せず、しばらく日本に留まって官園の運営と指導にあたる。ドーンは、いわゆる「お雇い外国人」であった。

明治政府は日本の近代化に必要な技術を導入するため、アメリカ、イギリス、オランダ、ロシアなどから、このお雇い外国人を盛んに招聘していた。叔父の会社は政府の仕事も引き受けることがある。叔父は政府の要人に顔見知りがいたせいだろう。

ドーンは千吉より一つ年下の二十五歳であった。二十二日間の船旅を経て、横浜港に着いた時、青い厚手木綿のズボンにチェックのシャツ、テンガロン・ハットを被って千吉の前に現れた。千吉より首一つも大きい青年であった。チューインガムをくちゃくちゃやりながら千吉に握手を求めたドーンは鳶色の眼を抜け目なく光らせていた。

チューインガムの存在を千吉はその時に知ったのである。南米に植わっているサポジラの樹脂に砂糖と香料を加えたものである。嚙（か）んで味わい、決して食べないという。くちゃくちゃ嚙む様子は行儀の悪い印象を千吉に与えたが、もちろん、そんなことは、ドーンには言わなかった。

恐ろしく早口の英語、しかも何やら独特の訛（なま）りがある。千吉が絶句する場面は何度もあった。

ドーンは牛を一頭も死なせることなく日本に運んで来たことを自慢していた。そして「ジャパン・ケルプ・カンパニィ」と、千吉が社名を告げると顎（あご）を上げて哄笑（こうしょう）した。

ケルプは英語で昆布の意味である。昆布の会社が何故（なぜ）、自分の仕事に拘（かかわ）って来るのかと、おかしかったのだろう。千吉はその説明がうまくできなかった。ドーンの言葉にはまた、盛んに「オーリエン」という言葉が遣われた。それも千吉にはよく理解できなかった。曖昧（あいまい）な表情でお茶を濁（にご）していたのだが、ある瞬間から東洋（オリエント）のことだと突然に思い当たった。ドーンは東洋の未知の国である日本に並々ならぬ興味を示していたのだ。

麻布官園にドーンを案内した後、千吉は彼の宿泊先である築地の外国人居留地に連れて行った。そこには彼の父親を知る者も何人かいて、ドーンは彼等に温かく迎えられた。

当分、ドーンは麻布官園と築地を往復する生活になる。

千吉は時々、麻布に訪れてドーンのご機嫌伺いをした。ドーンの機嫌を取ることも千吉の重要な仕事である。ドーンは会社で扱う品物も注文してくれたからである。

その日もドーンを麻布から築地の宿舎に送り届けて、さてこれから横浜の本社に戻ろうとしていた。その時、千吉は友人の才門歌之助の姿を見掛けた。才門は絵師の修業をしている傍ら、生活のために人力車の車夫をしていた。以前に一緒に合宿生活を送ったこともある。千吉にとって気心の知れた友人であった。

才門は日本人の女性を居留地の建物の一つに送って来たところであった。饅頭笠を目深に被っていても特徴のある才門の走り方は一目でわかった。千吉は才門が客を降ろして一人になるのを待った。働く友人の姿には微笑ましい気持ちにもなる。千吉は自然に笑顔になっていた。

客は日本人の若い女性だった。お順と同じような外国人の妻だろうか。白いブラウスに紺のスカートという清楚な装いである。

夏の陽射しの中で、彼女の姿は一服の清涼剤のような効果を千吉にもたらしていた。

しかし、その客と才門の様子が少し奇妙に感じられた。人力車から降りた女は目の前の建物に向かったが、才門はその後ろに続いた。

玄関前には短い石段がついている。中に入ろうとする女と才門の間にこぜり合いめいたものがあった。才門は無理やり女の腕を取ったが女はそれを邪険に払い、さっさとドアの中に消えた。才門は閉じられたドアをしばらく見つめていたが、やがて諦めたように踵を返した。

「おい」

千吉は才門の人力車に近づきながら気軽な言葉を掛けた。

「雨竜……」

驚いた才門の顔は汗と埃にまみれていた。

「あの客は知り合いか？」

千吉は建物を顎でしゃくって訊いた。

「見ていたのか」

「ああ、偶然、こちらに仕事で来ていたものだから」

「お順さんに会いに来たんじゃないのか」

才門は皮肉な言い方をした。

「まさか。おれだって遊んでいる訳じゃない。ちゃんと仕事もしているんだぜ」

千吉は人力車の覆(おお)いを手でなぞりながら才門に言った。

「お前の会社はこの頃、景気がいいらしいな」

才門は千吉の前にしゃがんで腰の煙草入れを取り出し、千吉の麻の背広にすばやい一瞥(いちべつ)をくれた。

「お蔭で扱(こ)き使われているよ」

「忙しいのは結構なことだ」

才門は煙管に火を点(つ)けると白い煙を吐いた。

顔色がすぐれなかった。

「何んか、おれに話すことはないのか」

千吉はさり気なく言った。才門の眉(まゆ)が持ち上がった。

「さっきの客のことでか」

才門は観念したように言う。

「ああ。何か訳ありに見えたぜ」

「言ったって始まらないよ」

「道ならぬ恋か？　それならおれとお前は同じようなもんだ」

千吉は空を仰いだ。透き通った青空が頭上に拡がっていたが、西の方はそろそろ赤みを帯びて黄昏が迫っている。

「最初に彼女を乗せた時、ちょいと大きな荷物を抱えていたんだ。なに、帽子の箱やドレスの箱さ。それでおれは中まで運んでやった」

話す気はないと言ったくせに才門はやはり口を開いた。気持ちが切羽詰まっていたのだろう。

「それで？」

千吉はさして興味があるふうでもなく才門の話を急かした。

「玄関の壁に西洋画が掛かっていた」

「ほう」

絵師の修業をしている才門だから、絵に目が行くのは当然だろう。

「薔薇だった。花瓶に無造作に生けたものを描いていた。おれ、目から鱗が落ちたような気がした。手を触れたら摑めそうで、匂いまでして来そうなほどだった。それまでのおれが知っている絵と全く別物だったのよ」

「気に入ったんだな、その絵」

「ああ。おれは呆然とその絵に見惚れた。富士子がそんなおれを見て、くすりと笑った。絵が好きなのね、って」

富士子というのが女の名前であるらしい。

呼び捨てにしていることから才門とその女の親密度を千吉は察した。

「おれが絵の修業をしていると言うと、茶の間の絵も見せてくれた。そっちは果物だった。それから、とっておきもあるのだと寝室に連れて行かれた」

「そこにはどんな絵があった」

才門は千吉の問い掛けに短い吐息をついてから「裸婦さ」と応えた。

「らふ?」

「裸の女の絵さ」

「…………」

「しかも絵のモデルは富士子だった」

「その女、ここへ来るまで何をしていたんだ」

千吉も僅かに興奮していた。

「遊廓にいたんだ、横浜の。そこで今の旦那に見初められたらしい」

「旦那は外国人か」

「イギリス人だ」

「絵を見せて貰っただけで何んでその女と諍いみたいなことをする」

「おれはその時、なりゆきで……」

「え？」

千吉は驚いてまじまじと才門の顔を見た。

なりゆきで二人はただならぬ関係に陥ったのだろう。

「それでお前はどうするつもりなんだ」

千吉は空咳をして才門に訊いた。

「わからない……だが惚れてしまった」

「…………」

「富士子の絵を何枚も描いた。しかし、あの裸婦の絵には到底及ばない。どんなに惚れても一緒になれないということはわかっている。だが、このままじゃおれの絵もおれ自身も駄目になる。最後に富士子に会心の絵を描かせてほしいと頼んだが……断られた」

「そうか……」

芸術のことは千吉にはよくわからない。しかし、その絵を描かなければ才門が前に進めないことは朧気ながら理解できた。ふと、お順の顔が浮かんだ。お順ならよい知恵があるような気がした。

「才門、少し時間をくれ。お前の希望が叶うように心当たりに訊いてみるから」

「お順さんか」

才門は唇の端を僅かに弛めた。

「まあ、そんなところだ。才門、ステンショまで送ってくれ。これから横浜に帰る」

千吉は人力車に乗り込んだ。才門が乱暴に梶棒をぐいっと引き上げると千吉の身体が後ろにのけぞった。千吉は振り落とされまいと必死で足を踏ん張った。

三

「ねえ、お順。君の家の近くに富士子という日本の女がいるだろう?」

千吉はコーヒーを淹れているお順の背中に声を掛けた。本社の近くに叔父が所有する古い家があった。叔父はその家を千吉のために提供してくれた。家具らしいものもろくになく、畳も襖も古びていたが、狭い庭がついていた。

　茶の間と奥の間の二つの部屋があるだけの平屋である。土間口の横には小さな台所がある。お順はその家に来ると嬉々として掃除をし、庭に水を撒き、食事の仕度をした。千吉とお順は滅多に外に出かけることはなかった。

「富士子・スチュワートのこと？」

　お順はポットの湯を注ぎながら応える。辺りにコーヒーの香りが漂った。

「名字は知らないが……」

「洋妾上がりさ。築地にいる日本人は皆、あの女のことを知っているよ。妙に媚びた目付きをするのがくせなのさ。これ見よがしにてよだわ言葉を遣って、鼻持ちならないったらありゃしない」

　お順は小意地の悪い言い方をした。てよだわ言葉とは「よくってよ」「そうだわ」と、金持ちの婦人にこの頃、流行している喋り方だった。

「君も負けずに遣ったらいい。せっかく素敵なドレスを着ていても君の口調は下町ふうだから何んとなく妙だぜ」

　お順はその日、涼しそうな小花模様の木綿のドレスを着ていた。千吉は浴衣姿で袖をたくし上げている。自宅にいる時の千吉は夏なら浴衣か木綿の単衣、冬は紬の着物を着ていることが多い。

「あたしの喋り方、嫌やなの？」

お順が振り向いて訊く。

「嫌やじゃないさ。恰好は違っても中身は昔のお順そのものだから安心する」

「なら、余計なことは言わないの」

お順は盆に二人分のコーヒー・カップをのせて千吉の前に座った。茶の間の後ろは縁側になっていて、そこから庭が見える。塀際に朝顔が蔓を伸ばしていた。縁側の突き当たりに厠があって、傍には水を張ったつくばいが設えてある。秋になれば庭の楓の葉が、そのつくばいの上に落ちて、さぞかし風情のある景色になるだろうとお順は嬉しそうに言っていた。

「で、富士子・スチュワートがどうしたって？」

お順は砂糖を入れたコーヒーを啜って上眼遣いで千吉に訊いた。千吉はブラックでコーヒーを飲むようになっていた。

「うまいねえ、お順のコーヒーは最高だよ」

「それはおかたじけ」

お順は悪戯っぽい表情で礼を言った。千吉は才門と富士子の経緯をかい摘んでお順に話した。

「呆れたもんだ。昔の商売が抜けていない」

お順は眉根を寄せて不愉快そうに吐き捨てた。

「人のことを笑えるか？　君だって主ある身で間夫とこうして密会している」

「千ちゃん……」

お順は真顔になって千吉を見た。

「あたしがモディールと離婚すると言ったらどうする？」

「………」

「そうなったら困る？」

お順は畳み掛ける。

「決心したのかい？」

千吉はお順の視線を避けて訊いた。

「千ちゃんが困るのなら無理にとは言わない。でも駄目と言われたら、あたしはアメリカに渡らなければならないことになる……」

「おれはミスター・モディールほど経済力がない。お順に今まで通りの暮らしをさせる自信はないよ。親父とお袋、それに君のお袋と、面倒を見なければならない親のこともある」

「あたしも働く。千ちゃんの叔父さんに仕事を見つけて貰って」

「お順……」

「泣き言は言わないから、千ちゃん」

お順は縋る眼になった。

「好きにしてくれ」

千吉はお順に笑いながら言った。

「ただし、君とミスター・モディールのいざこざに巻き込まれるのはごめんだ。君が夫婦の問題にきっちりけりをつけた時、喜んで迎えるよ。その後のことはそれから考えよう」

「嬉し……」

お順はぶつかるように千吉の胸に飛び込んで来た。

「才門のこと、ひと肌脱いでくれるかい？」

千吉はおまけのように言った。お順は千吉の二の腕をきゅっと抓った。

「あたしのことより、友達が大事なんだ」

「そんなことはないよ。君も大事、友達も大事さ」

取ってつけたように千吉は言った。

「千ちゃんは、死んだら閻魔様に舌を抜かれるだろうよ。あたしは何が悲しくて嘘つきの男と深間になったんだろう」

お順は自棄のように言った。閻魔様に舌を抜かれる、嘘つき……その言葉は以前にも言われたことがある。函館の遊廓にいた小鶴の顔が胸をよぎった。小鶴は千吉と馴染みになった遊女である。大火の時に命を落としていた。小鶴が死ななかったら、お順とこうなったかどうかはわからない。千吉は不思議な気持ちがしていた。もしも、運命というものがあって、お順と一緒になることがあらかじめ定められていたことなら、小鶴は自分達のために命を落としたような気がする。そんな犠牲を払ってまで自分とお順は一緒になるべきなのだろうか。千吉はお順の身体を抱き寄せながらそんなことを考えていた。

「千ちゃん、今夜、何が食べたい？」

お順は千吉の胸の内など知る由もなく、無邪気に訊いていた。

四

玄関のドアをノックすると富士子が透ける生地で拵えた水色のドレスで顔を見せた。

「ご機嫌よう、お順さん」

「お早うございます」

お順は普段着の木綿のドレスを着て化粧もしていなかった。朝食の後、モディールを送り出し、ひと息ついた午前中にお順は富士子の家を訪れた。

「折り入ってお話がありますの。ちょっとよろしいかしら」

お順は遠慮がちに言った。

「ええ、構いませんことよ」

白い小さな顔に怪訝な表情を滲ませて富士子はお順を中に招じ入れた。玄関の壁に薔薇の絵が飾られている。千吉の友人はまず、その絵に魅入られたのだと思った。それから富士子に。

「先日、銀座のテーラーで秋のドレスを新調しましたの。ご覧になる？　あ、それとドレスに合わせたお帽子も」

　富士子は浮き浮きした口調で言った。

「ええ、是非。でも、お話が済んだ後で」

「お紅茶召し上がる？　先週、セイロンから届きましたの」

「ありがとう、いただきます」

　富士子の家の居間は壁際に暖炉があり、その上に果物の絵が飾られていた。絨毯が敷かれ、どっしりとしたソファが置いてあった。

　ガラスのショー・ケースには様々な装飾品がきれいに飾られている。富士子の夫は医者をしていた。初め長崎にいて、それから横浜に来た。富士子は横浜の遊廓にいてジョン・スチュワートと知り合ったのだ。小柄な富士子に比べてスチュワートは雲突くような大男だった。

「お掛けになって」

　富士子はお順にソファに座るように言った。

「もうすぐアメリカにいらっしゃるのだそうですね。お寂しくなりますわ」

　富士子は銀盆にイギリス製らしいティー・カップを並べて言葉を続けた。お順は曖昧に肯いた。昨夜、アメリカには行かない、離婚してほしいと言った時、モディールは眼を剝いた。お順の頰に平手打ちをくれて我儘は許さないと怒鳴った。お順は母親の病身を理由にしたが、そんなことでモディールは納得しなかった。今朝はお順に口を利かないままモディールは出かけてしまったのだ。

「あたくしもアメリカに行きたいわ。のんびりと船旅を楽しんだ後にアメリカの都会へ出て、高級毛皮店へ行くの。向こうはいい毛皮も手に入れ易いでしょうし。でも、スチュワートは日本に帰化したい考えなのよ。この世で日本ほど素晴らしい所はないそうよ。特に女性が……」

富士子はそう言って喉の奥から籠った笑い声を洩らした。

「富士子さん、あたし、アメリカには行かないつもりなの。主人だけ……母親が病気がちなのが心配で……」

「そうなんですか」

富士子は心配そうな顔で相槌を打った。

「実は今日、お願いがあって参りました。あたしの古くからの友達に頼まれたことなのですが」

「まあ、何かしら」

富士子はお順に紅茶を勧めて小首を傾げた。

男が可愛いと感じる表情を富士子は幾つも知っている。スチュワートばかりでなく、千吉の友人の車夫もころりと参るはずであった。

「才門歌之助さんのこと」

そう言うと富士子は顔をこわ張らせた。

「富士子さんの絵を描かせてほしいそうです。他に望みはないのですよ。ただ、それだけ。才門さんも富士子さんにそのことは再三おっしゃっていたはずですけど」

「でも、裸なんですよ。それも正写しの」

「富士子さんは絵のモデルになるのは初めてじゃないでしょう？　だったら才門さんの将来のためにも協力していただけないでしょうか」

「スチュワート、焼き餅焼きなのよ。寝室にある絵は結婚前のものなの。モデル料がすごく高かったから引き受けましたの。でも、そのことを知ったスチュワートは画商にあたくしの絵を無理やり買い戻させたのよ。おわかりになるでしょう、スチュワートという男が」

「才門さんは描いた絵を売らないと思いますよ。だって、富士子さんを心から好きだから……」

紅茶は香りが素晴らしかった。富士子は爪を齧って、しばらく返事をしなかった。

「よろしかったら、あたしの家で描いて貰うのはどうでしょう。主人が仕事に出かければ、家にはメイドの他は誰もおりませんから」

「あの人にしつこく、つき纏われるのは嫌や」

富士子は甲走った声で言った。だったら、どうして軽はずみなことをしたのかと詰りたかったが、お順は堪えた。

「絵が完成したらもう、そんなことはないと思いますよ」

「お順さん、信じていい?」

「ええ、もちろん」

お順は笑顔で応えた。

「じゃあ、よくってよ」

「…………」

富士子は紅茶のお代わりをお順に出すために腰を上げた。富士子の耳障りな言葉遣いにお順は一瞬、顔をしかめたが、富士子は気づいていなかった。

それから才門歌之助は車夫の仕事の傍ら、暇を見つけては築地に通って来た。才門はお順の家を訪ねて富士子の都合を訊く。都合がよければお順の家に富士子を呼んで絵を描いた。お順は二階の客用の部屋を二人に提供した。

絵を描いている時、お順はその部屋には近づかなかった。富士子が才門の前で裸を晒しているると思えば、自然に顔がほてった。

絵の作業はいつも二時間ほど続けられた。

じっと待っていてもしようがないので、お順は終わるまで家の外に出て時間を潰すことが多い。玄関を出ると、二階を振り返るのがくせになった。開け放した窓はレースのカーテンが小さく揺れていた。その中で富士子と才門はどんな会話をしているのだろうかと思った。絵が完成した時、才門の恋が終わる。

それは切ないような、苦しいような説明できない気持ちをお順にもたらした。

少なくとも自分と千吉は才門と富士子よりも幸福なカップルだと思った。

五

アルフレッド・ドーンの仕事ぶりには目を見張るものがあった。彼は開拓使麻布三号官園の運営を任されると清潔で明るい牛舎の建設を計画して実行に移した。牛の伝染病についても詳しく、その対策をあれこれと官園の従業員に指導した。ドーンの存在が日本の畜産の鍵になるだろうことを千吉は疑わなかった。

精力的に仕事をする彼は女性に対しても熱心であった。公然と女性の斡旋(あっせん)を千吉に求めるので最初の頃はずい分、面喰(めんく)らった。

叔父の加島万之助は苦笑しながらも「仕事のできる奴はおなご好きが多いものだ」と言って、ドーンの希望が叶うように便宜を計ることを千吉に命じた。千吉は何度か横浜の遊廓にドーンを案内した。その時、案内料としてドーンは千吉に一円のチップを与えてくれた。

ドーンはそのせいでもないだろうが、千吉に対して仕事上のつき合い以上に親密な態度を示すようになった。築地に送って行くと、晩飯を一緒に喰おうと誘うし、その他に用事で立ち寄ってもコーヒーを振る舞ってくれる。

アメリカのオハイオ州がどういう所か千吉は知らないのだが、国にいた時のドーンは周りの人間達とは親しく交際していた様子が窺(うかが)える。人なつっこい性格は彼にとって財産でもあったろう。千吉はドーンの大らかさが半(なか)ば羨(うらや)ましかった。

その日の朝も牛舎で遣われる資材の一部を千吉の会社が仲介することになったので、打ち合わせのために築地を訪れ、その足で一緒に麻布に向かうつもりだった。

ドーンはメイドを置いた広い宿舎で暮らしていた。朝食を誘われたが千吉は済ませていたのでコーヒーだけを貰った。

それから二人は、麻布に向かうために家を出た。ドーンの家はお順の家とさほど離れていなかった。出かける時はお順の家の前を通ることになる。

お順は珍しく朝から外に出て玄関前の花壇に水遣(や)りをしていた。人力車が止まっていたので、千吉は才門がすでに訪れていると思った。

「モーニン（グ）」

ドーンは気軽にお順に声を掛けた。振り返ったお順は一瞬、気後れした表情を見せたが笑顔で「グッドモーニング、ミスター・ドーン」と応えた。

「才門は来ているようだね？」

千吉は朝の挨拶(あいさつ)をした後でお順に言った。

「ええ。さっき見えました。今はお仕事の真最中です」

お順は堅い表情のまま応える。他人に自分達の関係を悟られてはならないから、傍に人がいる時のお順の態度はいつもと違う。

「よろしく頼むよ」

千吉も事務的に言い添えた。

「わかりました」

千吉は僅かに笑顔を見せてお順の傍を離れた。しかし、十ヤード（約九・一メートル）も歩かない内にお順が千吉の名を呼んだ。

「千ちゃん！」

振り向くとお順の顔が引き攣っていた。

「何？」と怪訝な顔をした千吉にお順は通りの向かい側を目顔で促した。富士子の家からジョン・スチュワートが白衣姿のままで現れ、こちらに向かって歩いて来るところだった。

「オウ、マイゴッ（ド）……」

横でドーンが独り言のように呟いた。スチュワートはだらりと下げた右手にピストルを持っていた。富士子がお順の家で絵のモデルになっていることを知ったのだろう。スチュワートは怒り心頭に発し、談判に来るつもりらしいが、それにしてもピストルとは穏やかでない。咄嗟に千吉はお順を庇う仕種になった。

「ミスター・スチュワート、グッドモーニング。ハアアーユー」

千吉は努めて平静を装いながら口を開いた。

スチュワートはぎらりと千吉を睨むと「ナット、ファイン」と怒鳴った。スチュワートは妻がどこにいるのかと、お順に詰め寄った。お順は震えているばかりで、うまい言い訳ができなかった。

ドーンが穏やかな口調で落ち着いてほしいとスチュワートをいなした。ドーンの両手は制止する形になっていた。

スチュワートはいきなり早口の英語になってドーンを口汚く罵った。かっと頭に血が昇ったドーンも負けずに言い返す。

お前なんざ牛の尻を追い掛けてりゃいいのだとか、患者の治療もせずに朝からピストルを持って女房を捜しているあんたは頭がどうかしているだの、売り言葉に買い言葉が続いた。千吉とお順は大男の二人の間に口を挟むこともできず、呆然とその場に突っ立っているばかりである。

通りを歩いていた人も何事かと立ち止まってこちらを眺めていた。窓から騒ぎに気づいて才門が顔を覗かせた。千吉は才門と眼が合うと「才門、逃げろ。奴はピストルを持っている」と叫んだ。

才門は驚いた表情ですぐに顔を引っ込めた。

スチュワートは奥歯を嚙み締めたような顔でお順の家のドアに近づいた。

「ノー、ドクター、ノー！」

お順は悲鳴のような声を上げてスチュワートの前に行こうとしたが、スチュワートは銃口をお順に向けた。

千吉は慌(あわ)ててお順を引き寄せた。スチュワートの海のように青い眼が怒りに燃えていた。口髭(ひげ)の下の唇が妙に赤みを帯びて見える。自分の妻となった女に、こうまで嫉妬(しっと)の感情を覚えるものだろうかと千吉は不思議でならなかった。

「クレイジィ……」

ドーンは額(ひたい)に手をやって嘆息した。

千吉とお順は身体の震えが止まらなかった。

三人がその場を動けないとわかると、スチュワートはゆっくりとドアを開けて中に入って行った。

ドーンはすぐにポリスを呼んで来ると足早に駆けて行った。

「二階の部屋から逃げられるかい」

千吉は恐る恐るお順に訊いた。

「廊下の突き当たりにドアがあって、そこを開ければ非常用の階段がついているけど……」

お順は掠れた声で応えた。

「才門、それを知っているのかい」

「ええ。もしもの時はここから逃げてと言っておいたから」

車夫をしている才門だから身のこなしは軽い。うまく逃げてくれることを千吉はその時、信じていた。

だが、富士子の悲鳴と才門の「ビー・クール、ビー・クール、プリーズ」（落ち着いてください）という切羽詰まった声が聞こえた。才門は富士子を置き去りにしたまま自分だけ逃げることはできなかったらしい。スチュワートの怒鳴り声はもはや意味不明で千吉にはわからなかったが、お順はその言葉のおぞましさに耳を両手で塞いだ。

「何んと言っているんだい」

「言えない……とっても言えない。あいつは医者じゃない、獣だ」

お順はその場に、しゃがみ込んだ。

「シャラップ！」

スチュワートの怒号とともに銃声が聞こえた。

千吉とお順は、いや、通りにいた人々も一瞬、身体の動きを止めてお順の家の二階の窓を凝視した。

窓のカーテンがさわさわと揺れている。その後は何んの物音もしなかった。

どれほど時間が経っただろうか。スチュワートはよろよろと中から出て来た。千吉の顔を見ると「ヒイズ、デッド」と呟いた。今まで不明瞭だった彼の言葉が、なぜかその時だけ鮮明に千吉は理解できた。後頭部がちりちりと痺れた。

「ユー、キルヒム」

千吉は震える声でこちらも呟いた。

「オウ、イェース」

スチュワートはにやりと笑うと自分の家に引き上げて行った。周りの人間は恐れをなして彼が近づくと後ろに下がった。

ドーンがポリスを伴って戻って来たのはそれから間もなくだった。

千吉はお順を外に待たせて、ポリスの後からドーンと一緒に二階に上がって行った。

ベッドの上で富士子が夏掛け蒲団(ぶとん)の端を噛んで震えながら泣いていた。才門の身体はベッドの富士子の身体を庇うように俯(うつぶ)せに倒れている。

「才門、大丈夫か？」

千吉は声を掛けた。スチュワートは死んだと言ったが、俯せになっている才門はただ気絶しているようにも見えたのだ。

「あちゃあ、背中から心(しん)ノ臓(ぞう)を撃たれてしまった」

日本人の中年のポリスはそんなことを言った。才門の車夫の半纏(はんてん)は背中に朱色で屋号を入れてある。撃たれて流れた血はその朱色のせいで目立たなかった。富士子が才門の身体の重さに堪(た)えかね、夏掛け蒲団の下の足を手前に引くと、才門の身体はぐらりと揺れて床に倒れ、仰向けになった。富士子がまた悲鳴を上げてわめいた。

驚いた表情の才門、唇が半開きであった。

「才門、才門」

千吉は才門の名を呼び続けた。しかし、才門は生き人形のように何も応えてはくれなかった。才門が倒れている傍には描き掛けの絵があった。描かれた富士子は艶然(えんぜん)と微笑んで千吉を見ていた。

六

才門の野辺の送りは深川の浄心寺で行なわれた。そこには、かつて横浜で合宿生活を共にした仲間と、英語の師匠であったマイケル・ケビン、洋画の塾の師匠も出席していた。お順とアルフレッド・ドーンも一緒だった。

才門歌之助が深川の料理茶屋の三男坊であったことを、千吉はその時、初めて知ったのである。何も車夫をしなくても暮らしに困らないはずなのに、好きな道を全うするために親の援助を断って自分の力で絵の修業を続けていたのだ。そのことは千吉も頭が下がる思いだった。父親はすでに亡くなっていて、料理茶屋は兄が跡を引き継いでいた。

老いた母親は兄に身体を支えられるようにして僧侶の読経の間もじっと何かを堪えるように俯いていた。

やり切れなかったのはジョン・スチュワートが罪を問われなかったことである。スチュワートは甚だしく精神に異常を来していたので犯罪者として扱うことはできないというのが居留地の上層部の見解であった。スチュワートは居留地内の病院に収容されたが、ほとぼりが冷めた頃には涼しい顔で以前の生活に戻るのだ。

もっとも、スチュワートの噂は世間に拡まっているので、今後、彼に治療を頼みたいと思う患者はいないだろう。富士子はあの事件以来、築地から姿を消した。どこに行ったのか誰も知らなかった。

才門は富士子を庇って撃たれたのだ。浮気で身を構うことにしか興味のない女に、才門はどうしてあれほどまでのめり込まなければならなかったのだろうか。千吉は考えても考えてもその答えがわからなかった。

「まかり間違えば才門さんは千ちゃんだった」

お順はぽつりと洩らした。お順もこの度のことでクラーク・モディールには大層叱られたようだ。そのために、夫婦仲は以前より険悪になったという。

「でも、その方がいいのよ。未練を残して別れるより、相手を徹底的に嫌って別れる方が気持ちは楽だもの」

お順は溜め息混じりに呟いた。

才門の亡骸が入った棺桶が土の中に埋められる時、才門の母親は堰が切れたように声を上げて泣いた。その声は誰をも貰い泣きさせずにはおかなかった。

「お順、いいかい。人間は死んじゃ駄目なんだ。どんなに苦しくても寿命が尽きるまで生きていなくちゃならないよ」

千吉はお順の手をぐっと握って言った。その言葉はお順にというより、千吉は自分に言い聞かせたのかも知れない。

才門の野辺送りを済ませると千吉は皆んなと一緒に横浜に戻った。お順を築地に帰そうとしたが、お順は自分も横浜に行くと言った。

何んとドーンまで同行するという。ドーンの気持ちが千吉には嬉しかった。宵から千吉の家で酒盛りが始まった。お順はかいがいしく酒の燗をつけたり、料理屋から取り寄せた料理を皆んなに勧めた。

ドーンは日本家屋での酒盛りが大いに気に入ったようだ。

「なるべく楽しい思い出話をしましょう」

湯島の開成学校に通っている水野是清は提案したが、楽しい逸話を持ち出せば持ち出すほど悲しみは深くなるような気がした。是清は才門に紋付を質屋に持って行かれたことがあった。質屋の親父は紋付の紋所に畏れ入って、通常よりも高い金を貸したという。是清はもと一万八千石の大名家の子息であった。

「だから受け出す時は却って難儀致しました」

是清は笑い話に紛らわせた。才門は知能犯だと皆んなが笑う。しかし、その後で決まって沈黙が挟まれた。

「あたしは何度か才門さんに車で送って貰ったことがありますよ」

お順が口を開いた。

「お順さんはとてもきれいだったと才門が言っていましたよ。さすがに雨竜が恋した女性だと」

マイケル・ケビンの会社で事務を執っている袴田秀助が言った。マイケル・ケビンはこれから予定があると言って千吉の家には来なかった。是清と袴田、千吉とお順、それにドーンの五人の宴会である。いつもなら才門も決まってその席にいたはずであった。

「やめろ、袴田」

千吉が慌てて袴田を制した。袴田はやめるどころかドーンの方を向いて「ヒー、ラブズ、シー」と余計なことを吹き込む。ドーンは「オウ」と低い声で応えたが何やら複雑な表情になった。千吉はお順とのことをドーンに話してはいなかった。夫のいるお順と千吉が恋愛関係にあることはドーンにとって衝撃的だったようだ。お順は眉根を寄せて、それは今のところ内緒のことである、自分とモディールはいずれ離婚するつもりなのだとドーンに必死で説明した。その後でお順は袴田をきゅっと睨んだ。袴田は首を竦めた。袴田は悪い男ではないが男女の問題にやたら首を突っ込みたがるのが玉に瑕である。

「アイ、シィー」

ドーンはようやく納得したようだったが苦い顔で盃の酒をくっと飲んだ。

「ミスター・ドーンはかなり道徳的な方とお見受け致します。袴田君、あまり彼を刺激する言葉は控えるように。雨竜君とお順さんも、大人なのですから良識ある行動をとるように。わたしは君達の結婚に反対するつもりはありませんが、何分にも現在のお順さんの立場というものがあります。お順さんは離婚のことについて、ご主人が納得するまでよく話し合うようお願い致します。間違っても感情的になってはいけません。それがどのような結果になるか、才門が君達に教えてくれたはずです。よろしいですね？」

水野是清は淡々とした口調で言った。彼は才門の野辺の送りには、この暑いのに紋付、袴の正装でやって来た。もっともほろりと酒が入った是清は袴を外し、紋付の袖をたくし上げている。袴を外す時はお順に「無礼な恰好を致します。平にご容赦のほどを」と断りを入れた。是清の持って生まれた威厳は時代が変わっても損なわれることはなかった。

お順は是清の忠告に畏れ入った顔で「はい」と応え、頭を下げた。

ドーンは日本語がわからないながらも是清の人品卑しからぬ態度は感じたようで、千吉に是清の素性を小声で訊ねた。大名の息子であると言うとドーンは大きな眼をさらに大きくして、自分が日本の大名の息子に会えるとは光栄の至りであると、うやうやしく何度も握手を求めた。


宴会が深夜に及ぶと、一人二人と酔い潰れて、その場に眠り込んだ。十時頃に水野の家の者が迎えに来たけれど、是清は今夜は友人の供養だから、こちらに泊まると使いの者を帰した。その是清もいつもより酒量を過ごし、いつの間にか部屋の隅で座蒲団を二つ折りにして枕代わりにし、眠ってしまった。

千吉も途中で少し眠ったが、気がつくと飲み散らかした膳はきれいに片付けられ、お順が縁側で蚊遣りを焚きながら団扇を使っていた。外は夜明けが近かった。黒いレースのドレスの背中がいつもより痩せて見えた。

「眠らなかったのかい」

千吉はお順の傍に行って隣りに腰を下ろすと口を開いた。

「ええ。もったいなくて眠る気になれなかったのよ」

お順はさほど疲れている様子もなく応えた。

「すっかり後片付けをさせてしまったね。いや、すまない」

千吉は律儀に礼を言った。

「いいのよ。才門さんのいい供養になったじゃないの。あたしもお仲間に入れて貰って嬉しかったし……」

「そう言われると気が楽だよ。少なくとも昨夜のお順はミセズ雨竜だった」

「雨竜千吉のかみさんと言ってよ」

お順は悪戯っぽい表情で千吉の言葉を訂正する。

「皆んな、いい人達。千ちゃんは倖(しあわ)せ者だ」

お順は大袈裟(おおげさ)な言い方で千吉を持ち上げた。

「横浜で皆んなと一緒に暮らしていた頃は、いつもこうだったのさ。飛び入りの友達も入ったりして」

「そう。千ちゃんの青春か……」

「久しぶりに昔に返ったようだった。才門の供養だってことは百も承知のくせして、酔っぱらいながら、あれ、才門はどこに行ったんだろうと何度も思ったよ。おかしいだろ？」

千吉はお順の顔を深々と覗き込むようにして言った。友人をああいう形で失った千吉の悲しみは痛いほどお順に伝わっている。

「千ちゃんはまだ才門さんが亡くなったことを納得していないのよ」

お順は千吉の視線を避けて地面を見つめて言った。

「納得なんてできるか、納得なんて……」

千吉が苛立った声を上げた。お順は腕を回して千吉の肩を抱き、宥めるように二、三度叩いた。

「人が死ぬの、おれ、嫌やだ」

千吉は子供のような口調で言うと洟を啜った。

「嫌やね、本当に……」

お順も溜め息の混じった声で相槌を打った。

千吉の後ろではドーンの鼾や袴田の歯ぎしりが賑やかに聞こえている。千吉は振り返って小さな苦笑を洩らした。こちらは湿っぽくなっているのに眠っている彼等は無邪気なものだった。

「水野さんの話、こたえたなあ……」

お順が独り言のように呟いた。

「あんなこと言ってくれた人はいないもの」

「そうだねえ」

千吉も素直に応えた。

「偉い人は偉いことを言うのね。世が世ならお殿様か……」

「おれ達は殿様と呼んでいる」

「このご時世だから千ちゃんは水野さんのような人でもお近づきになれるのよ」

「世が世なら、おれは殿様の家来になっていたかも知れないよ。それで、雨竜、今宵はお忍びでどこぞに繰り出すか、なんて囁かれてさ。そんな気がするよ。殿様とは時代の変化に拘らず出会っていたと思う」

「ありうる話ね。でもその時は千ちゃんとあたし、結婚するの、どうするのという話にはならなかったわね。千ちゃんはお武家で、あたしは町家の身分だもの」

「………」

徳川の時代であったならお順の言うことはもっともだった。時代が変わったことは本当によかったのかどうか千吉にはわからない。

　是清は学問に励み、いずれ政治の道を志す考えでいるようだが、お家の跡継ぎとして生まれた彼にとっても、この世の中が生き易いものとは思えなかった。それでも時代の流れを流れのままに受け留める是清の姿勢に、千吉は自然に頭が下がる気持ちになる。

「やあ、夜が明けるよ。よく飲んだなあ」

　千吉は他人事のように言って、ぼんやりと明るくなった空を見上げた。光の褪せた月が薄切りの大根のように見えた。

　一瞬、その掠れた月の傍を、ひと筋の星の光がすっと走った。

「見た？」

　お順が訊く。

「ああ」

「流れ星なんて何年ぶりかしら。ああ、でも失敗した」

　お順はいかにも残念そうに呟いた。

「何がさ」

「流れ星に祈ると願いが叶うって聞いたから」

「…………」

「でも無理よね、流れ星なんて思ってもいない時に現れて、あっという間に消えるのだもの。祈る暇もありゃしない」

「無理とわかっているから人はそんな理屈を捏ねたのさ」

「祈ることができた人なんているのかしら」

「さあ……」

「あたしと千ちゃんが一緒になるのは流れ星に祈るようなもの？」

「馬鹿……」

「あたしね、もう当分、横浜には来ないわ」

お順は何か決心したようにそう言った。

「モディールとの離婚が決まるまで。……千ちゃん、それまで待てる？」

お順は試すように訊く。

「待てるよ」

千吉は穏やかに言った。

「嬉し……」

お順は千吉の腕にしがみついた。

「すぐに電報を打つから、その時は迎えに来てね」

「ああ」

公衆電報は明治二年（一八六九）から東京、横浜間に取り扱いが始まっていた。二人はそれから言葉もなく明けてゆく空をぼんやりと眺めていた。幸福で、どことなく儚(はかな)い夏の朝であった。

この年、東京府下の男性の内、七割が半髪、三割が断髪になり、「ざんぎり頭の唄」が大いに流行した。

兜町(かぶとちょう)では第一国立銀行が営業を開始し、銀座京橋(きょうばし)以南の一帯は煉瓦(れんが)街となった。

是清の通っていた開成学校の中で英語教育の部門が分離独立して東京外国語学校となった。是清は東京外国語学校の方に移籍して自身の英語修業にさらに励むことになるのだった。

七

アルフレッド・ドーンはその後、北海道の七重(ななえ)官園に出張を命じられた。ドーンはそこでもよく働き、それまで行なわれていなかった馬の去勢手術を伝授して日本の畜産の分野に光を与えた。七重官園は千吉が暮らしていた函館の郊外にあった。ドーンの出張は北上して札幌官園にも及んだ。この札幌ではビールの原料である大麦の栽培を日本人に奨励し、新冠では得意の牧場経営の指導に采配を振った。

ドーンの日本滞在は長期に亘った。お雇い外国人のほとんどは任期が満了すると本国に帰っている。ドーンも最初はそうするつもりだったようだ。だが、七重官園に赴任していた時、彼は傍にいた者の勧めで函館の遊廓に遊んだ。

そこで彼は一人の女性と知り合う。後に梅・ドーンとなった日本女性である。ドーンの梅に対する愛情は終生変わらなかった。

ドーンは後に回想録を残したが、それには「日本女性ほど優しく寛容で尊敬に値する人物は世界中どこにもいない。私は妻を通して日本の最も優れた一面を垣間見た思いである」と記している。

ドーンが八十二歳の生涯を終えるまで日本に留まることになろうとは、千吉もお順も、いや当のドーンですら、明治六年のこの時は予測がつかなかったのである。

築地居留地に秋が訪れていた。

ドーンが築地を離れてから千吉は滅多にそこを訪れることもなくなった。

しかしクラーク・モディールが本国に帰ったという噂が入って来ても依然としてお順からは連絡がなかった。

才門の野辺の送り以来、千吉はお順と会っていなかった。お順は是清の忠告を肝に銘じて離婚が成立するまで千吉と会わないと言った。千吉もそれに賛成した。会えば後ろ髪を引かれることがわかっていたから、すべての問題にけりがつくまで会わないことは賢明な大人のやり方だった。

しかし、モディールの帰国の噂を聞いてひと月過ぎてもお順は何も言って来なかった。

業を煮やした千吉は九月の半ばも過ぎてから居留地を訪れてみたのだ。

お順の家は空き家になっていた。隣家の住人はオランダ人だったので話を訊いても埒が明かなかった。

「モディールサン、国ニ帰ッタ、オ順サン、ドコカニ行ッタ」

オランダ人の船舶技師は片言の日本語でそう話してくれただけだった。向島にお順の母親がいるとは聞いていたが、その場所を千吉は知らなかった。

お順とコーヒーを飲んだレストランに行って、そこの店主にも訊ねてみたけれど、やはりお順の行き先はわからなかった。どっと疲れを覚えた千吉は、そのレストランでコーヒーを飲みながら、しばらくぼんやりと座っていた。才門もいない、ドーンもいない、ましてお順さえいない築地居留地は千吉にとって異郷に紛れ込んだような心細さを感じさせた。

コーヒー代を払い、ようやく表に出た時、外は薄闇に包まれていた。西の空に三日月が出ていた。三日月の傍で星も光っている。

祈ればよかった。千吉はお順と見た流れ星のことを思い出していた。あれに祈ればよかった。自分とお順の未来を。そう千吉は切実に思う。千吉の脳裏(のうり)を流れ星の儚い光が何度も掠めた。それは次第に、お順がこぼした涙のように思えて仕方がなかった。

薔薇（ばら）の花簪（はなかんざし）

一

「二層の高楼、陸続巍峨として蒼空に聳ゆ。石室は則ち英京の倫敦を模し、街道は則ち仏京の巴黎に擬す、亦た何ぞ万里の波濤を踰え、其の国都に至るを閉ひん」

明治七年（一八七四）、服部撫松居士の屈指のベスト・セラー、『東京新繁昌記』の中で語られた東京の印象である。京橋以南の銀座通りは煉瓦街となり、表通りはすべて二階建ての家屋で統一された。撫松居士はその景色を文章で讃えたのだ。紙と木で造られた家屋で長いこと暮らして来た日本人にとって、煉瓦、硝子、鉄などのエキゾチックな資材は、ただそれだけで眼を奪う。

第一国立銀行、人力車、馬車、蒸気機関車、ランプ、ビール、シャボン等々。洋風、あるいは擬洋風の様々な物が御一新と同時に日本に、どっと押し寄せた。

文明開化とは、古い物を捨て、新しい物を躍起になって取り入れることだったのだろうかとお順は思う。

貿易商、クラーク・モディールの妻であったお順は、夫が帰国する際に離婚を申し出た。

　夫は最初の内、もちろん反対した。アメリカ人の妻として日常会話に不自由のないお順が、アメリカで暮らすことに異を唱えるとは思ってもいなかったようだ。モディールは妻を愛していた。二十歳も年下の若いお順を失うことが嫌やだったのだ。しかし、お順の意志は堅かった。その頑なな態度にモディールは、却って、お順が渡米を拒否する理由が病がちの母親だけではないことを察した。黙ってお順の言いなりになるのは男としての面目が立たない。しかし、帰国の日は迫っている。

　とうとうモディールは折れた。ただし、モディールは離婚について条件をつけた。すなわち、自分が帰国してから一年間、お順が独身を通すことであった。その間、恋愛してもならない。もしもお順が男性と密会しているところを誰かが見たとしたら離婚の約束は反故になる。モディールは後見人にお順の行動を監視させるようだ。翌年、つまり、明治七年の九月まで、お順は再婚できないということになった。

　お順にとって、ひどく窮屈な条件であった。

　しかし、それを呑まなければモディールはおとなしく離婚を承諾する様子がなかった。お順は渋々、その条件に応じた。モディールはお順に当座の金を与え、また、その先、生活を維持するために女学校の助手という職業も斡旋してくれた。それにはお順も大いに感謝したものである。向島に住んでいる母親の面倒も今まで通り見ることができる。お順は一人っ子で他に兄弟もいなかった。

お順が働くことになった女学校は築地にある「東京A女学校」といって、宣教師スプーンメーカー夫人が明治三年（一八七〇）に開校した東京最初の女学校であった。生徒達はいずれも富裕な家の娘ばかりである。スプーンメーカー夫人は来日してから、伝道の傍ら、日本の女子の教育に取り組み、女子ばかりの学校を開校したのである。

授業内容は英語、宗教の他に、外国式のマナーなどが含まれた。生徒達が結婚した後、外国人と話をする機会を想定し、そのための教育でもあった。しかし、日本はまだまだ女子の教育に関して理解されない時代でもあったので、東京A女学校に通っている生徒は僅かである。お順はスプーンメーカー夫人の指示で食事のマナーの授業にはナイフやフォークを用意し、実際にどう扱うかのモデルにもなる。また、スプーンメーカー夫人の言葉を生徒達にわかりやすく通訳するという役割もした。

最初のひと月ほどは仕事の手順を覚えることで精一杯であり、雨竜千吉のことを考える余裕もなかった。しかし、仕事に慣れて来ると連絡を取らないでいる彼のことが、ひどく気になってもいた。

雨竜千吉は横浜の叔父の会社である「日本昆布会社」に勤めている。当初はお順の父親のように通詞（通訳）を目指して勉強していた男である。

時代が変わり、千吉の叔父の会社も外国との取り引きを行なうようになると、はからずも、通詞になるためにしていた勉強が会社の運営に大いに役立つこととなった。お順は千吉が通詞になっても、ならなくても別に構わないのではないかと思っている。英語で外国人と意思の疎通ができるのだから。

しかし、お順はそのことを千吉に言っていない。千吉と将来の話をする時間の余裕は今までなかったのだ。ようやく、モディールから解放されたものの、新たな枷がお順を縛る。

千吉とはモディールとの離婚が成立したら、ただちに結婚する約束を交わしていた。千吉にモディールとの事情を話しても、理解して貰えるとは思えなかった。自由を拘束するのかと青臭いことを言いそうな気がする。そんなこと、うっちゃっておけと言うかも知れない。男とはそんなものだ。

目の上のたんこぶであったお順の亭主はいない。これからは誰に憚ることなくお順と楽しむのだと、なし崩しにベッドに押し倒される自分を想像してお順は途方に暮れた。自分はそれほど開き直っては考えられない女である。モディールがつけた条件は殊勝に守りたかった。

お順はモディールが帰国しても千吉に連絡を取らなかった。千吉に会えば、自分の決心が揺らぎそうな気がしたからだ。だから会わない。会わないで、じっと時が過ぎるのを待つ。

それは、はからずも千吉から身を隠した恰好になってしまったが、お順はそれ以外の方法が思いつかなかった。

お順は、それまで住んでいた築地居留地の家を出て、居留地の外の南小田原町の借家に移った。昔ながらの長屋である。叔母のおちかが見つけてくれたものである。

おちかはこの頃、何かにつけて南小田原町にやって来た。おちかは日本橋の通町の一郭で小間物屋を営んでいる。亭主の由蔵は邏卒（巡査）だった。御一新前はさる大名屋敷で足軽をしていた男である。

二

師走も近い東京は、陽の目もめっきり短くなった。仕事を終え、歩いて南小田原町へ戻る時、お順はまた自分がつけられていると感じた。武家屋敷の通りは人影が少ない。廃藩置県で東京にいた武士達は半分以上が国許に戻ったという。通り過ぎる途中の武家屋敷も空き屋敷が多い。だから、なおさらお順をつけている者の足音が耳につく。

恐らく、モディールの後見人に雇われた者であろう。お順に男の影がないかどうかを探っているのだ。最初は気づかなかったが、この頃は自分をつけていることが、はっきりとわかる。

振り向いて、きッと睨むと、背の低い扁平な顔の中年男はつかの間、気後れした様子で物陰に身を隠す。しかし、歩きだすと、すぐに後ろをついて来た。家に戻ってから一時間ほど周りをうろついていることもある。

南小田原町の長屋の前に来ると、おちかが立っていた。

「叔母さん……」

お順は安心したように少し大きな声でおちかに声を掛けた。おちかは普段着の恰好で、風呂敷包みを抱えていた。

「お順」

おちかも笑顔で応える。

「待った？」

「いいや、今来たところさ。民助の祝言が決まったんで、お赤飯を炊いたのさ。ほんのお裾分けに持って来たんだよ」

民助というのは、おちかと由蔵の長男で、民助も邏卒をしていた。

「いつもすいません」

お順は慌てて戸口の錠を開けた。その隙に辺りにすばやく眼をやった。

「何んだい？」

おちかは怪訝な顔になった。

「何んでもないけど……叔母さん、あたし、ちょっと話があるのよ」

「そうかい？」

おちかは呑み込めない顔で、お順の後から家の中に入った。六畳ひと間に台所がついただけの狭い部屋である。古い小簞笥と鏡台、火鉢があるだけで、ろくに家財道具も揃っていなかった。衣紋竹に吊したドレスがその部屋には不釣り合いに見える。そのドレスも、以前なら深紅などの派手な色彩が多かったが、女学校の助手という立場になってからは、ひどく地味な色で質素なデザインの物ばかりになった。スプーンメーカー夫人と最初に会った時、お順は質素な服装を心掛けるように言われたためである。髪型も束ねた髪を後ろで髷にしてネットを被せただけのものになった。

それでも、お順の洋装は近所で人目を惹いた。

お順は瀬戸の火鉢の中を見て「ちょっと待ってね、お隣りから火種を貰って来るから」と、おちかに言った。

「お順、あたしゃ、そんなにゆっくりはしていられないよ」

おちかは慌てて口を挟んだ。

「わかってる。すぐだから……」

お順は無理におちかを引き留めた。

火種を貰って火鉢の炭に火が点くと、お順は、その上に鉄瓶を置いた。湯が沸く間、お順は寒そうに手を擦り合わせた。

「離縁すると、女は苦労するだろ？」

おちかは風呂敷を解きながら訊いた。中から重箱が現れた。

「苦労は平気。でもね……あら、お煮染めもある。よかった、御飯の仕度が大儀だったから助かる」

お順は重箱の蓋を開けて感歎の声を上げた。

「そうだろうと思ってさ。ちょいと抜け出して来たんだよ。うちの人はすっかり浮かれちまって……」

「叔父さん、嬉しいのよ。民ちゃんにお嫁さんが来るんですもの。お相手は例の？」

お順は訳知り顔でおちかに訊く。民助はお順より一つ下で、昔から近所の鳶職の娘と仲良くしていたのだ。

「そうなんだよ。お浜ちゃんは気が強い娘だから、この先がちょいと思いやられるけどさ」

「いいじゃないの。叔母さんもお嫁さんと仲良くしてね。二人に焼き餅なんて焼いちゃ駄目よ」

お順は笑いながら、おちかに念を押した。

「ところでお順、話って何んだい？」

おちかは落ち着かない様子でお順の顔を見た。早く話を済ませて家に戻りたいのだ。

「それが……」

お順はこの頃、怪しい男に、つけられていることを話した。恐らくモディールの後見人に雇われている者であろうと。

「そこまでやるかねえ。お前、毎度そうなら気持ちが悪いだろ？」

「ええ。それに、近所の人の手前、具合が悪いのよ。まるで下手人(げしゅにん)になったようで」

「下手人なんて古いことを言うよ。今は犯人さ」

邏卒の亭主と息子がいるおちかは愉快そうに訂正した。笑顔はお順の母親のお蔦とよく似ていた。

「ねえ、叔母さん。どうにかならないかしら」

お順は上眼遣い(うわめづか)でおちかに言った。

「うちの人と民助に話してみるよ。あまりしつこいようなら、それなりに手を打たなきゃならないし」

「お願いします」

お順は殊勝に頭を下げた。

「お前、旦那と別れて新しいのと一緒になるんだろ？」

そう言ったおちかに、お順はぎょっとなり、慌てて戸口の方を振り返った。

「何んだい？」

「聞き耳を立ててるかも知れない……」

お順は恐ろしそうな顔になった。

「まさか」

おちかは笑ったが、お順が真顔だったので自分から土間口に下りて外の様子を見た。

少し暖まった部屋に冷たい風が吹き込んだ。

「お順、敵はちょいと厄介(やっかい)な連中かも知れないね。さっそく、手立てを考えるよ。いいかい、用心をするんだよ」

「ええ。モディールのことにけりがついたら、叔母さんに何も彼(か)も話しますから。それまで何も訊かないで下さいな」

お順は俯(うつむ)いてそう言った。

「わかったよ。お前は姉さんの娘だ。一筋縄(ひとすじなわ)でゆかないのは先刻承知の介(すけ)さ」

「…………」

「姉さんが平兵衛さんの世話になる時だって大変だったんだから。唐物屋に奉公しているとばかり思っていたら、近所の人が、あんたの所の娘は安針町で丸髷になっていたよ、と教えに来たのさ。お父っつぁんは、それを聞いて大慌てで安針町に行ったんだ。姉さん、お父っつぁんに殴られて、桶に一つも血を流したって話だ」

お順の両親は正式な夫婦ではなかった。父親の平兵衛は長崎に妻子がいた。しかし、勤め向きで江戸に出て来てからは、長崎に帰らなかった。お順の母親と暮らす生活を選んだのだ。祖父は呉服屋の番頭をしていた。娘が妾になるなど、とんでもないことだった。

お蔦はそれでも祖父の言うことを聞かず、平兵衛の傍にいたので、祖父はついに世間体を憚って奉公していた呉服屋を辞めたという。

後年は炭屋を営んで生涯を終えた。

「あたしもおっ母さんの血を引いているから？」

お順は少し悲し気におちかを見た。

「惚れた男にゃ、たとえ相手がどんな立場だろうが意地を通すってことさ」

おちかは溜め息の混じった声で応えた。

「あたし、お妾さんは嫌やだと思っていた。だからモディールとのことだって正式の女房じゃなきゃ嫌やと断りを入れたのよ。お妾だったら洋妾（らしゃめん）なんて言われるもの。でも、アメリカ人と一緒になったんじゃ、お妾と同じようなものね。おっ母さんに楽させたくて簡単に結婚したこと、後悔しているのよ」

お順の声が湿りがちになった。

「済んだことをくよくよしても始まらないよ」

「うん、わかっている。わかっているけど……」

「もう、どうしたのさ。お順らしくもない。そんな顔をしていると姉さんが心配して具合が悪くなるじゃないか」

おちかは意気消沈したお順を励ますように、わざと元気のよい声で言った。

「どうだい、学校の先生は？」

ようやく沸いた湯でお順が茶を淹（い）れると、おちかは口をすぼめてひと口啜（すす）り、話題を換えるように訊いた。

「うん、何んとかかね。よそに働きに行くよりお給金もいいし」

「そりゃ結構なことじゃないか」

「皆んな、いい所のお嬢さん達よ。ご苦労なしの」

お順は皮肉を込めて言う。

「そういう了簡でいると顔に出るよ。気をおつけ」

おちかはぴしりとお順を制した。お順は首を竦めた。

「それで、新しいのとは、いつ一緒になるんだい？」

おちかは声を潜めて囁くように訊いた。お順はまた土間口の方を振り返って

「モディール、来年の九月まで誰とも再婚しては駄目って条件をつけたの」と、仕方なく応えた。おちかの眼が大きく見開かれた。

「何を馬鹿なこと言っているんだろうね。自分はアメリカに帰ったら、さっさと向こうで新しい女を見つけるくせにさ」

おちかは心底、腹を立てた様子で吐き捨てた。お順は黙っておちかの湯呑に茶のお代わりを注いだ。

「そこが日本の旦那と違うところだよねえ。全く毛唐は野暮で困るよ。あちらの仕来りばかり押しつけないで、たまには、こっちの仕来りってものを教えてやりたいものだ」

「本当に」

おちかの威勢のいい声を聞いている内、お順もようやく元気が出て来た。おちかは二杯目の茶を飲み干すと、そそくさと帰って行った。鉄瓶の口から、しゅんしゅんと湯気が景気よく出ている。それを見つめながら、お順は千吉がどうしているのかと、しきりに気になっていた。

三

「三枝先生」

生徒が帰った教室でお順が後片付けをしていると後ろで名を呼ばれた。振り返ると本多華子が勉強道具の入った風呂敷包みを抱えて、戸口の所に立っていた。お順は東京A女学校の助手に就いてから、ミセズ・モディールをやめて父親の姓を名乗っていた。

「あら、まだお帰りじゃなかったの?」

お順は小柄な華子に微笑を浮かべて訊いた。

華子は鷹揚な性格の多い生徒達の中で、一人だけ利かん気な表情を見せる。負けず嫌いでもあるらしく学習面では、かなり優秀である。

しかし、そのために他の生徒達からは浮き上がった存在でもあった。お順は華子の中に、かつての自分を見ているような気がすることがあった。

「お正月はご予定がありまして？」

十五歳の華子はにこりともせずに訊いた。

「別に今のところは特に決めておりませんけれど……」

お順は机を拭いていた雑巾を傍らに置くと、華子の前に近づき、少し乱れている着物の襟をそっと直してやった。小豆色の小紋の着物の下に黒の袴をつけている。頭は唐人髷で、華子にはよく似合った。

「よろしかったら三日の日に、わたくしの家にいらっしゃいませんか？　歌留多会を致しますの」

「…………」

百人一首は苦手であった。歌留多といえばお順は花札を頭に浮かべる口である。父親が生きていた頃、よく茶の間に座蒲団を置き、その上で花札を引いたものである。興が乗って来ると自然に立膝になり、平兵衛から「おっと、舟玉様が見えらァ」と、からかわれた。そんなことが、ふっとお順の脳裏を掠めた。もちろん、華子には理解されない下々の家のことだ。

「お客様もたくさんいらっしゃいます。でも、わたくしのお客様は一人もいないので是非、三枝先生をお招きしたくて……」

「クラスのお友達はどう？　山川歌子さんや月館貞さんはお琴のお稽古も一緒じゃなかったかしら」

お順はさり気なく華子の友人達へ水を向ける。

「わたくし、あの方達、大嫌い！」

「…………」

「それとも先生はご迷惑かしら」

「いいえ、そんなことはありませんけれど、あたしは本来、華子さんのお屋敷に出入りできるような身分ではないのですよ」

「そんなこと、わたくしはちっとも気にしておりません。御一新で時代は変わったのですもの、身分など関係ないと思います」

「どうしてあたしを？」

華子が自分を招く理由が釈然としなかった。

特別、お順に親しさを示していた訳でもなかったからだ。華子はお順の問い掛けに、ふっと周りに視線を向けてから「実はわたくし、来年、結婚して主人とともに英国に留学致しますの」と応えた。

「まあ、それはおめでとうございます」

お順は思わず笑顔になった。

「でも、わたくし、わが殿の語学力には不安を感じております。英国には通詞も同行せず、二人きりの生活になります。頼りはわが殿だけ。それで、先生にわが殿の語学力を試していただきたくて……」

何んと生意気な子だろうと、お順は胸の中で呟いた。いかにも当世の娘らしい捌けた考え方である。ただ、「わが殿」という呼び掛けに相手に対する思いが感じられる。

「あたしがお相手の語学力に不合格を出したとしたら、華子さんは結婚をやめておしまいになるの？」

「……………」

華子はぐっと詰まった様子で唇を噛み締めた。お順はふわりと笑った。

「大丈夫ですよ。たとえ今は不足があろうとも、イギリスに行けば周りはすべてイギリス人ばかり。否も応もなく英語を覚えるというものです」

お順は華子の痩せた肩に手を置いて安心させるように言った。まだ結婚するには痛々しいほど華子は子供じみている。しかし、親の決めたことには従わなければならない。本多家は代々、幕府の御祐筆を務めた家柄であった。

「では、おいでいただけないということですか」

華子は恨めし気な顔になった。お順は吐息を一つ、ついた。

「あたし、あなたの前で何んですけど、身分の高い方のパーティは苦手なの。ずっと笑顔でいなけりゃならないし、お愛想の一つも言わなけりゃならない。根が下町育ちですから疲れてしまうのよ」

お順は華子を納得させるために、少し砕けた物言いで応えた。華子の表情がなぜか輝いた。

「大好き」

「え？」

「そんな三枝先生、大好き！」

「…………」

「ああ、やはり思った通りの人でした。スプーンメーカー先生の講義の時でも、三枝先生は時々、つまらなそうなお顔をなさる。こんなこと、覚えても覚えなくてもいいのよって」

「………」

「わたくしには先生のお胸の内がよくわかりますの」

「おやおや、これは大変」

「ねえ、お願い致します。是非ともいらして。退屈でしたらすぐにお帰りになっても構いませんから。わが殿をご紹介致します。わが殿の公平な判断を先生に仰ぎたいと思います」

華子はそう言って深々と頭を下げた。

「あたしにお相手の品定めをさせるおつもりね。華子さんはお人が悪い」

「先生と同じです」

「………」

「三日の十時です。きっとですよ」

華子はそう言って袴の裾を翻すようにして帰って行った。お順は雑巾を取り上げたが、窓に眼を向けてまた、吐息をついた。

窓の外には人力車の車夫がしゃがんで煙管をふかしていた。木枯らしがそんな車夫の丸まった背に吹きつける。暮も押し迫っていた。

その日が今年最後の講義であった。これから生徒達は少し長い正月休みに入るのだ。といっても、お順は事務の仕事が残っていて暮まで学校に出なければならない。スプーンメーカー夫人が主催する年末のパーティの仕度も手伝わなければならない。

東京A女学校の建物がある所は築地の居留地の中でも教育機関が集まった所であった。

以前、住んでいた所とは趣が違う。あり得ないことなのに、もしも、自分を捜しに来た千吉と道でばったり出くわしたとしたら、お順は何を言えばいいのかと思った。

いや、言葉などいらない。黙って彼の胸に縋りつけばいいのだ。それは胸が高鳴るような想像だった。その想像が退屈なお順の毎日に刺激をもたらしていた。甘い想いは突然、断ち切られた。植木の陰からにゅっと男の顔が覗いたからだ。お順を毎度つけている角刈りの男である。綿入れ半纏を羽織っていた。この寒いのに、そうしてお順を張り込んでいるのも骨だろうと、お順は思う。男は放心したようなお順の視線の先に、しきりに注意を払っている。何も見てはいない。お順が見ているのは想像上の景色なのだから。

お順は眉間に皺を寄せると、癇性な手付きで窓のカーテンを閉じていた。

四

華子の家は南小田原町から御門跡橋を渡り、西本願寺前を通り過ぎた武家屋敷の一郭にあった。

立派な長屋門の前には正月らしく門松が飾られていた。開け放した門の前に立っていた中間に自分の名を告げると、お仕着せを纏った中間は慇懃に玄関へお順を促した。中から賑やかな声が聞こえた。

大晦日は向島のお蔦の所で過ごし、正月を迎えた。昨夜まで華子の所に行くことを迷い続けていた。お蔦が、待っているんだから、がっかりさせちゃ可哀想だよ、と言うものだから、渋々、出て来たのだ。

お蔦の所に預けていた紺青色のサテンのドレスと共布で拵えた帽子を被り、上に黒のコートを羽織った。久々の晴れ着にお順の気持ちは弾んでいたが。

出迎えた華子はお正月らしく大振袖を着ていた。嬉しそうにお順の手を取り、早く早くと中へ急かす。お順は帽子とコートを女中に預け、華子に手を取られたまま大広間に入った。

広間では正装した女性達や洋服の男性、紋付、袴の年寄りが二十人ほど集まって百人一首に興じていた。

正面の床の間には大きな鏡餅が飾られている。大広間は人々の熱気でむんむんとしていた。硝子をはめ込んだ雪見障子越しに広い庭が見えた。西洋風の建物には、さほど驚きはしないが、旗本屋敷の威容はお順を圧倒する。日本家屋はしみじみいいと思う。

読み手となった若い男性が大広間に入って行ったお順をちらりと見た。瓜ざね顔が少しだけ驚いた表情になったが、すぐに何事もないように朗々と声を張り上げた。お順の胸の動悸は思わぬほど早くなった。

「あの方がわが殿です」

華子は少し昂った声で言った。お順は途端に身の置きどころもなくなった。

華子の婚約者は千吉の友人である水野是清であったのだ。

こんな偶然があるとは思いも寄らない。是清は真ん中から、きっぱりと分けた髪型で紋付、袴の恰好である。華子と装いを合わせているふうが感じられた。

けたたましい声が弾けて、まずは一戦が終了した。

「紅組の勝ち」

是清は勝敗を告げると、傍にいた若い男に読み札を渡し、お順の所にやって来た。

「是清様、この方が三枝先生です」

華子は頰を紅潮させてお順を紹介した。しかし、是清は「お順さん、しばらくでした」と親し気に言葉を掛けたので、華子の笑顔は唐突に引っ込んだ。

「お知り合いでしたの？」

華子は興ざめの表情でつまらなそうに訊いた。

「そう、わたしの友人の友人です。三枝先生とお聞きしていましたから気がつきませんでした。いや、驚きました」

是清は淡々とした口調で応える。

「離婚しましたの。それで旧姓に戻りました」

お順は堅い表情のまま言った。

「女学校の先生はお順さんには適職ですね」

「先生じゃありません。助手です」

「そうですか。いや、それでも結構なことです。これこれ、華さん、大好きな先生にお飲み物をお持ちして下さい」

是清は如才なく華子に命じた。華子は少し不満そうな顔をしたが、すぐに飲み物を取りに行った。大広間にいる客は是清と話をするお順に怪訝な視線を向けていた。扇子の陰で、ひそひそと内緒話をする婦人もいる。知った顔はなかったものの、お順は自分のことが噂にでもなっているのかと身の縮む思いがした。

しかし、是清は意に介するふうもなく口を開いた。

「雨竜君が捜しておりましたよ。ミスター・モディールは帰国したというのに、君はちっとも連絡をしない。もしや、心変わりをしたのではなかろうかと。あいつがあんなに切羽詰まった顔になったのも珍しい」

「………」

「何があったんです?」

是清は相変わらず穏やかな表情で訊く。

「モディールから、離婚して一年間は再婚をしてはならないと条件をつけられたんです」

「それはまた、どうして」

「多分、千ちゃんのことを薄々感じていたんだと思います。でも、モディールの条件を呑まなければ離婚に応じてくれそうもなかったので……」

「そうですか……しかし、それは雨竜君に話すべきだったのではありませんか」

「話しても理解してくれたでしょうか。あの人はそんなことを問題にするような人じゃありませんから」

「まあね……」

是清は素直に相槌（あいづち）を打った。

「しかし、このままでいいとも思えない。わたしでよかったら力になりますよ。わたしも同席して話をする機会を作ったらいかがでしょう」

是清はそう続けた。

「無理だと思います。あたし、モディールの後見人から四六時中、見張られていますの。男性と話をしているところを見つかったら、たちまちアメリカにいるモディールの所に知らせが行って、離婚が反故になります」

「では、このまま一年間、何も言わずに雨竜君と会わないでいるつもりなのですか」

「ええ……」

「雨竜君が君のことを諦（あきら）めて他の女性と結婚したらどうするのです」

「それならそれで仕方がないと思います」

「お順さん……」

是清は少し語気を荒らげた。

「恋愛はゲームですか？　才門の野辺送りの後に横浜で飲んだ時、君達は真面目(まじめ)に今後のことを考えると約束してくれたじゃないですか。それが才門への何よりの供養になるのだと」

是清の言葉にお順は涙ぐみそうになった。

才門歌之助は道ならぬ恋が原因で命を落としている。その現場に居合わせたお順にも衝撃的なでき事であった。涙を必死で堪(こら)えたのは華子が盆に葡萄(ぶどう)酒のグラスをのせてやって来たからだ。

「先生、例のことどうかしら」

華子は無邪気にお順に訊いた。訊かれた途端に不覚の涙がこぼれた。是清は何も言わずお順を見ている。

「ごめんなさい。これから……」

お順はそっと手巾(しゅきん)（ハンカチ）で洟(はな)を啜ると、慌てて応えた。

「何んですか、例のこととは」

是清はお順に葡萄酒を勧めて訊いた。

「内緒です。ねえ、先生？」

　華子が思わせぶりにお順に同意を求める。

「そう、内緒」

　お順は無理に笑顔を拵えて応えると「今年は華子さんとご結婚なされてイギリスに留学されるそうですね」と続けた。

「華さんは、そんなことまでお順さんに話しているのですか」

　是清は悪戯っぽい顔で華子を睨む。是清の隣りに並ぶと、首一つも華子は背が低い。祝言の時には、まるで雛人形のように愛くるしい二人であろうと、お順は思った。似合いのカップルにも思えた。

「英語のお勉強は進んでおりますか」

　お順はさり気なく核心に入るべく是清に訊いた。華子はまじまじと是清の口許を見ている。お順は噴き出しそうになった。

「まだまだです。雨竜君の方が仕事でも遣っているのでうわ手でしょう」

「イギリス留学は、やはり語学のお勉強のためですか」

「それもありますが、いずれ外交官の道も考えておりますので、人の勧めでそうすることに致しました」

「千ちゃんは水野さんが政治家を希望していると言ってましたけど……」

「それも捨て難い将来の希望です」

「是清様、政治家ですって？」

華子は大袈裟な声を上げた。

「これ、華さん、声が大きい。レディはエレガントにしなければ」

是清は華子を窘めた。

「いつもいつも叱られてばかり。是清様はわたくしの両親よりも口うるさいのです」

「気詰まりですねえ」

お順が同情したような口ぶりで言った。

「先生、いかが？」

華子は結論を急かした。お順は笑いながら「合格ですよ」と、応えた。是清はお順と華子のやり取りの意味がわからず、解せない表情で小首を傾げていた。

歌留多会は久しぶりにお順の気持ちを弾ませた。是清に会ったことで、千吉との距離が短くなったような気もした。しかし、お順は是清に自分のことを口止めした。事情を知れば、明日にでも千吉は訪ねて来るだろう。そうなっては元も子もない。

是清は納得したふうでもなかったが「わかりました」と応えてくれた。

五

松が取れて間もなく、お順はモディールの後見人に呼び出された。後見人はモディール商会に勤めていた番頭で、今はモディール商会を引き継いだ形で仕事をしている。

後見人の窪島鶴松（くぼじまつるまつ）は四十二歳の独身の男であった。

「お座りなさい」

窪島は横柄（おうへい）とも思える態度で応接室に入ったお順にソファを勧めた。窪島商会はモディール商会の建物も調度品も、そのまま使っている。以前の窪島は、お順に腰を低く接していたものだが、モディールが帰国してから掌（てのひら）を返したように邪険（じゃけん）になったとお順は感じている。

「お話って何かしら」

元の夫の使用人ならば、お順も特別に礼儀に気を遣うことはない。お順は、ぶっきらぼうに訊いた。

「三日の日に本多という武家屋敷で若い男性と親し気に話をしていたということだが、どういうことなのかね」

窪島は洋服のチョッキのポケットから、これ見よがしに懐中時計を取り出し、それをちらりと眺めてから口を開いた。口髭が逆八の字に反り返っている。

「どういうことも、こういうこともないわ。本多様はあたしの生徒のお屋敷ですもの。歌留多会に招かれただけです。当日お会いしたお客様と話の一つもするじゃありませんか。おかしなことはおっしゃらないで下さいな」

お順はかッと頭に血が昇り、甲走った声で応えた。

「相手が若い男性というのが気になる。もしやこれではないのかね?」

窪島は太い親指を突き立てた。

「いい加減にして下さい」

「応えないと、あんたのためにならないよ」

「二人っきりで会っていたという訳でもないのに……あたしの生徒の許婚ですよ」

「ほう……」

　窪島は短い足を組み替えて肯いた。

「まあ、そういうことにしておきますか」

「………」

　紙煙草に火を点けた窪島は好色そうな眼をお順に向け、白い煙を吹き掛けた。お順は手に持っていた手巾で煙を払った。

「あんたは本気で一年もの間、独り身を通すつもりなのかい」

　窪島は薄く笑って訊く。男のくせに富士額というのが笑いを誘う。その額にくっきりとした三本の皺が刻まれていた。背は低いが頑丈な身体つきをしている。どこか千吉の叔父と似た風貌であるが、千吉の叔父は窪島より、はるかに人間の品がいい。

「モディールとはそういう約束じゃないですか」

　お順の口調は自然に切り口上になる。窪島が何を言いたいのか見当もつかない。

「三十後家は持たないというのに、あんたはまだ二十三、年が明けたから数えの四か……いや、持たないねえ」

「何をおっしゃりたいの」

「独り は寂(さび)しいのじゃないかと思ってね」

「だから？ だからどうだとおっしゃるの」

「わしが面倒を見てもいいと思っているんだが……そうなりゃ、毎日女学校であくせく働くこともない。昔通りにきれいな洋服を着て、オホホと笑って暮らせる。どうだね？」

呆(あき)れて言葉もなかった。お順はものも言わず立ち上がった。

「わしの言う通りにした方があんたのためじゃないのかね」

窪島も立ち上がってお順に詰め寄った。お順よりも背が低いので、お順を見上げるような恰好になった。

「モディールから、あたしを後妻にしろと言われたの？」

お順は怒気を孕(はら)ませた声で訊いた。

「いや、そこまでは。しかし、社長はもう日本には戻らない。だったら、わしが名乗りを挙げても構わないのじゃないかと思ってね」

「あなたが構わなくても、あたしが構うのよ。モディールが日本に戻らないと知っているなら、あたしを監視するのも無駄なことじゃないの。妙な男を使って」

「まあ、それはそれ、これはこれ」

窪島は怯まない。

「モディールが帰って安心したようにふんぞり返って、いいご身分ですこと」

「貴様！　何様のつもりでいる。おとなしく言ってりゃ、つけ上がって」

窪島は握り締めた拳をぶるぶるとふるわせた。殴るつもりだろうか。殴るなら殴れとお順は思った。そうなれば話は早い。由蔵と民助に告げて、しょっ引いてやると思った。

「若い男と話をしていたことは事実だから、社長に報告する。いいな？」

「ついでにあたしに言い寄って袖にされた話もしたらいかが」

「何を！」

「あなた、あたしが何もできずにいると高を括っているようだけど、あたしだってモディールの住所を知っているのよ。その気になったら、あなたがどんな男なのか手紙で知らせることもできるのよ」

黙った窪島にお順は胸の中で「あたしの勝ち」と呟いた。

「お話はそれだけ？　だったら失礼致します」

お順は窪島に背を向けた。ドアに手を掛けた時「洋妾！」と吐き捨てる声を聞いた。

外に出ると、窪島の言葉が頭の中でがんがんと鳴った。あたしが、洋妾？　あたしはモディールの妻であっただけだ。決して洋妾なんかじゃない。激しい憤(いきどお)りを感じた。

だが道を足早に一町も歩くと、お順は胸の中で独りごちた。窪島の物言いは世間そのものだったと。時代が変わり、西洋の物を嬉々として取り入れて悦(えつ)にいっているくせに、人々の気持ちはまだまだ江戸時代を引きずっているのだ。どこが新しい時代かと思う。心がついてゆけない新しい時代など、くそ喰(く)らえだとも思う。

お順はモディールに手紙を書こうと思った。

自分には愛する男がいる。隠していたことを謝り、その男と結婚することを許してほしいと頼むのだ。一年間の拘束期間は守りたいと思っていたが、むしろ、それを利用されて、おかしな事態になって行くことが不安である。

後見人は誠実な人間ではない。誠実でない人間の指示に従うことはできない。

それだけ書けば、賢明なモディールは理解してくれるだろう。

迷っていたことに、いっきに解決がついたと思った。窪島が思い切ったことを言って来なければ、自分はいつまでもうじうじと悩み、行動を監視する男に脅(おび)えて暮らしていたことだろう。自分らしくもなかったとお順は思った。

お順の足はそのままステンショに向かっていた。横浜へ、千吉のいる横浜へ。

六

横浜の日本昆布会社に着いた時は夕方に近かった。唇を嚙み締めて硝子をはめ込んだドアを押すと、帰り仕度を始めていた坊主頭の面皰面（にきびづら）の若い男が応対に出て来た。

男は皺の目立つ洋服姿であった。坊主頭に洋服はいかにもそぐわない。しかし、笑顔はよかった。

「雨竜千吉さんにお目に掛かりたいのですけれど」

お順は興奮する気持ちを押さえて口を開いた。声が上ずっていた。

「あー……」

若い男は気の毒そうな声を洩（も）らした。

「雨竜さんは三日前に蚕（かいこ）の買い付けで清国（しんこく）に出かけました」

「清国ですって？」

まさか、そんなことになっていたとは思いも寄らない。張り切ってやって来た

だけに、お順の落胆は大きかった。

「それで、いつお戻りになるの？」

「そうですね、早くても二カ月後でしょうか」

「そうですか……」

自分の声がそれとわかるほど沈んだ。若い男はお順の気持ちを察した様子で「ちょっと、ちょっと待って下さい」と言って、事務所の奥にあるドアの中に消えた。

事務所は入り口にカウンターを設え、硝子の花瓶に梅の一枝が挿し込まれていた。もう、春。お順は、それを見てぼんやり思った。

ドアの中から慌ただしく現れたのは千吉の叔父であり、日本昆布会社の社長である加島万之助であった。

「これはお珍しい」

万之助は穏やかな微笑を浮かべて口を開いた。

「ご無沙汰致しております」

お順は万之助に頭を下げた。

「千吉の奴は清国に行っているんですよ」

「はい。さきほど、そちらの方にお聞きしました」

「あんたのことは、ずい分、気にしている様子だったが、何しろ、何も言わない男なんで、さっぱりわしには訳がわからない。まあ、二人ともいい大人なんだから、余計な差し出口は、わしも遠慮していたんだよ」

「畏れ入ります」

万之助の言葉にお順の張り詰めていたものが弛んだ。お順の眼が濡れた。万之助は訝しい表情になり「ささ、こんな所ではなんだ。ちょっとわしの部屋にいらっしゃい」と促した。

万之助の部屋は苦笑を誘うほどの見事な和洋折衷であった。英国物らしい応接セットがあるかと思えば、水墨画の掛け軸が下がり、紫檀の大黒、青磁の香炉が飾られている。かと思えば、反対側の壁には西洋画である。西洋式の窓にはレースのカーテンが掛かり、傍には万年青の植木鉢が置かれているという按配であった。

掛け軸も置物も覚えがあった。皆、平兵衛が通詞をする傍らお蔦に営ませていた唐物屋の品物であったからだ。千吉の父親が買った物であるが、万之助が譲り受けたのだろう。

「あんたはアメリカ人の亭主と離婚して、うちの千吉と一緒になるんじゃなかったのかい？」

万之助はソファに深々と座ってから口を開いた。

「はい……」

「離婚の方はうまく行っていないのかね」

「主人から一年間は再婚してはならないと釘を刺されました」

「ほう」

万之助は不思議そうな表情である。モディールの考えが理解できない様子だった。

「主人の後見人に毎日、見張られているんです」

「それで自由が利かなかったという訳か」

万之助はようやく合点のいった顔で肯いた。

「でも、もう、それはいいのです。見張られていることが鬱陶しくてなりませんでした。後見人がどう思おうとも、あたしはあたしの好きなようにしたいと考えたんです」

　さっきの若い男が茶を運んで来た。

「松田(まつだ)、お前はもう帰っていいぞ」

　万之助は若い男に言った。松田という名であるらしい。

「でも……」

「鍵はわしが掛けて帰る。こちらのご婦人との話が済んでいないから」

　万之助は鷹揚に応えた。

「それではこれで失礼します。あのう……」

　松田は気後れした顔でお順にそっと声を掛けた。

「はい？」

「お順さんとおっしゃいますか？」

「そうですけど……」

「ああ、よかった。そうじゃないかと思っていたんです。雨竜さんから預かっている物があるんです」

「あたしに？」

「はい」

　松田は洋服のポケットから細長い桐の箱を取り出してお順の前に置いた。

「さあ……何んでもヤソの神様の誕生日に西洋人は贈り物をする習慣があるそうです。それじゃないかと思いますが」

「何かしら」

「クリスマス・プレゼントという奴ですかな？　いや、千吉も洒落(しゃれ)たことをする」

「………」

万之助は愉快そうに笑った。お順は細長い箱をしばらく見つめていた。

松田が帰ると万之助は「ご亭主の後見人というのは何者ですか」と訊いた。

「元はモディール商会の番頭を勤めていた人で、今は窪島商会の社長をしております」

「ほうほう、窪島ねえ」

「ご存じでしたか」

「同じ商売をしているから、何度か顔を合わせたことがあるよ。あんたの亭主がいた頃は紅茶でもコーヒー豆でも品物のいいのを扱っていたんだが、この頃はどうだろうねえ。あまり芳(かんば)しくないということだ」

「………」

「狆（ちん）がくしゃみをしたような顔していて、あれで結構、女好きなんだよ。それも美人がね。新橋（しんばし）の芸者に入れ揚げてはふられている。あんたも気をつけた方がいい」

そう言った万之助にお順は唇を嚙み締めた。洋妾と罵（ののし）られたことが蘇（よみがえ）った。

「叔父さんは、あたしが千吉さんと結婚することには反対でしょうね」

お順は俯いて訊いた。万之助は虚（きょ）をつかれたように、すぐには応えなかった。

「あたしはアメリカ人と結婚していた洋妾のような女ですもの、叔父さんとしては、いいお気持ちじゃないでしょうね。あたし、考えもなしにモディールと結婚して、千ちゃんの気持ちを聞いた途端に、どうしても千ちゃんと一緒になりたくて、そんな後先も考えないふしだらな女なんです」

「やめなさい！」

万之助は少し厳しい声でお順を制した。

「まあ、御一新の前だったら千吉とあんたが一緒になるというのは、とんでもない話だが、わしもこんな商売をしていると、堅いことばかりも言っておられぬ。千吉はわしの甥（おい）っ子だが、何を考えているのかわからないような男だ。わしは息子がいないので、いずれ、この会社は千吉に譲ろうと考えている。そのためにも、早く身を固めて貰いたいんだ。あんたが現れなければ、あいつは結婚なんてまともに考えなかっただろう。わしにはあれの気持ちがよくわかる。わしもね、こう見えても旦那のいる芸者を女房にした口だ」

万之助は悪戯っぽい表情でそう言った。お順を慰めるために白状したのだろう。その気遣いがお順は嬉しかった。

「では、叔父さんはあたしが千ちゃんと結婚することを許して下さいますの？」

「もちろんだよ」

「ありがとうございます」

お順は手巾で洟を啜ると頭を下げた。

「困ったことがあれば力になるよ。窪島に往生しているのなら、わしが話をつけてもいい」

「本当ですか？」

「ああ」

お順は万之助の言葉を聞くと、安心したように吐息をついた。

「今は何をして喰っているんだね？」

万之助はお順の生活を慮(おもんぱか)って訊いた。

「築地の東京A女学校で助手をしております」

「ほう。あんたも英語はできるのかね」

「ええ、少々。父親が幕府の通詞をしておりましたので……」

「なるほど。門前の小僧ですな」

「………」

「さて、これから食事でもどうですかな?」

万之助は、とっぷり暮れた窓の外に視線を投げてから言った。

「ありがとうございます。でも、明日も仕事がありますので帰ります」

「そうですか。千吉が帰って来たら、すぐに連絡をさせます。連絡先は?」

「いえ、あたしの方から改めて伺(うかが)いますので」

お順は万之助の質問を柔らかく躱(かわ)した。千吉には自分の口から告げたかった。

万之助は横浜のステンショの前までお順を送ってくれた。ホームで陸蒸気(おかじょうき)を待つ間、お順は千吉から贈られた箱を手提(さ)げから取り出して中を開けた。

その瞬間、生温かい息が首筋に掛かった。

お順をつけている男が、お順の箱の中身を覗き込んで来たのだ。驚いたお順は思わず、手に持っていた箱を地面に落とした。シャランと金属製の音がした。薔薇の花簪である。

横浜の唐物屋ででも見つけた品であろうか。挿し込みは銀製で、絹の赤い花びらの意匠が見事であった。慌てて拾い上げようとした時、男の汚れた草鞋が箱ごと、その簪を踏み潰した。

「何をするんですか！」

お順はしゃがんだ姿勢で男を睨んだ。

「昨日はお武家の男、今日は横浜の中年男かい？　あんたもいい玉だ。なんでェ、そんな、びらびらした簪を貰って脂下った顔は。様ァ、ねェ」

男は初めてお順に口を利いた。

「やめて下さい！」

お順は男の身体を押し退けた。赤い花びらは無残に押し潰され、土にまみれた。拾い上げて、手提げに押し込むと、お順はようやくやって来た陸蒸気に乗り込んだ。男もすぐさま、後を追って来る様子だったが、ホームにいた官服の邏卒に引き留められた。お順とのやり取りを見ていたようだ。抵抗して乗り込もうとする男を邏卒は小突いた。

お順はその様子を中から他人事のように眺めた。

動き出した客車の背もたれに身体を預け、お順は踏み潰された簪を取り出した。土にまみれた簪はお順の手を汚した。まるで自分のようだとお順は思った。その簪に自分の運命を重ねた訳ではなかったけれど、お順は情けなく、腹立しかった。

窪島はいつまであの男を張らせるのだろうか。頼るべき主のいない自分が何とも心許なかった。

モディールもいない。千吉もいない。お順は独りの自分を強く噛み締めていた。

七

活版印刷の技術が発達して、明治五年（一八七二）から新聞が続々と発行され始めた。「東京日日新聞」（現毎日新聞）「郵便報知新聞」「朝野新聞」「読売新聞」等々。

自由民権運動も活発化し、征韓論をめぐって新政府内部に分裂が起こり、江藤、西郷は武力で新政府と抗争して敗れた。代わって、土佐藩出身の後藤、板垣は言論で新政府と抗争を始める。

「日新真事誌」は板垣退助が左院に提出した「民撰議院設立建白書」を掲載した。

赤坂喰違で右大臣岩倉具視が征韓派の武市熊吉等に襲撃される事件も起こった。

自由民権運動は明治二十二年（一八八九）の憲法発布に至るまで、日本近代化における政治思想の主軸たるべきものであった。

民撰議院の開設は政府の官撰議院に対立するものであった。官撰議院は豪農、商業的ブルジョアの利害ばかりを考え、地租改正、徴兵制などで負担の重くなった農民の反発を買っていた。板垣等は士族出身の反政府運動の分子と結合し、自由民権運動は拡大していったのである。

お順は、政治の難しいことはわからなかった。しかし、自由という言葉の響きは胸を打った。自由であるためには、それをねじ伏せる力と戦わなければならないことは朧気ながら理解できた。

初午(はつうま)の日。お順は本多華子に再び屋敷へ誘われた。屋敷内の稲荷(いなり)堂でお祭りをするという。その日は無礼講(ぶれいこう)で近所の人も訪れるらしい。下町育ちならば、そういう行事が好きだろうと、華子はお順の気を惹くように言った。

「水野さんもおいでになるの？」

そう訊くと華子は得意そうに「もちろんです」と応えた。

スプーンメーカー夫人に断りを入れ、その日は少し早めに学校を退出し、本多邸に向かった。

いつもは静かな通りが人の往来で賑やかである。一町（約一〇九メートル）も手前からテレックテンテン、テレンコテンテンと鳴り物の音が聞こえた。お順は、はやる気持ちで屋敷に向かった。

中間に断りを入れなくても、その日は自由に出入りができるようだ。広い庭を進んで行くと、稲荷のお堂の前に小屋掛けがしてあり、笛や太鼓(たいこ)の囃子方(はやしかた)が景気をつけ、狐(きつね)の面を被った者がひょうきんな踊りを披露していた。

近所の人も大勢訪れている。とりわけ、子供の姿が目につく。普段は堅く門を閉ざしている屋敷の中を自由に走り回れるのが嬉しいようだ。

屋敷内の様子を興味深く眺めていると、お順はそっと肩を叩(たた)かれた。振り向くと、水野是清が華子を従えて、にこにこと笑っている。

「ごきげんよう、水野さん」

お順は丁寧に頭を下げた。

「よくいらっしゃいました」

是清は普段着の洋服姿、華子も女学校へ通う時の恰好であった。

「とても賑やかですね。毎年、このような催しをなさるの？」

お順は是清にとも華子にともつかずに訊いた。

「本多の家は特別にお稲荷さんを大事に致します。昔、お隣りの屋敷に火が出た時、今しもお堂に燃え移りそうなところだったのだそうです。出入りの鳶職が慌てて駆けつけると、白丁を身につけた狐のような顔をした者達が消火をしていたそうです」

是清は、華子から、もう何度も聞かされていた話をお順にした。

白丁は神社の祭礼などで、神輿を担いだり物を運んだりする人足が着る白い衣服のことである。

「その人達はお屋敷の出入りの人足だったのですか」

お順は呑み込めない顔で訊いた。華子が「お狐様ですよ、先生」と口を挟んだ。お順は呆気に取られた。そんなことがあるのかと思う。

「もう、その時は火も収まって、お堂の屋根にはご幣（神前に供える道具。ぬさ）が立っていたそうです。後で、皆んなが、あれはお狐様だと大騒ぎになったのです。それから、初午の日はお祭りを盛大にしております。先生、紅白のお餅、お土産に持って帰って下さいね」

華子ははしゃいだ声で言う。傍に是清がいることが嬉しくてならない様子である。

「あ、甘酒、召し上がる？」

「いいえ、あたしは……」

お順の話を皆まで聞かない内に、華子は跳びはねるように小屋の中に走って行った。

「華子さん、嬉しそう」

お順は華子の後ろ姿を眼で追いながら言った。

「まだまだ子供で先が思いやられます」

「水野さんがついていらっしゃれば大丈夫ですよ。水野さんを心から慕っていますもの」

「華さんが生まれた時、わたしは十歳になっておりました。これがお前の許婚だと言われても、ちょっとピンと来ませんでしたが……」

是清は苦笑混じりに応えた。身分の高い家では生まれながらに結婚相手が決められている。お順はその仕来りを窮屈にも感じるが、当の是清も華子も倖せそうである。

「おや、今日は簪を挿しておられますね」

是清はふと気づいたように、お順の頭を見て言った。叔母のおちかのところに持って行って、簪の修理を頼んだのだ。汚れは落ちたが、薔薇の花びらの形は歪んだままである。それでも、そうして頭につけている分には人に気づかれないようだ。

「千ちゃんのクリスマス・プレゼントです」

そう言うと是清は怪訝な顔になった。

「横浜の会社に訪ねて行ったのです。もう、こそこそするのは嫌やだと思いまして……」

「そうですか」

「でも、千ちゃん、清国に行っていて会えませんでした。これを会社の人から渡されました」

「よかったですね」

「ええ……」

お順は俯いた。自然に顔が赤くなった。

華子が甘酒を運んで来た。三人で立ったまま、それを飲んでいた時、お順の前にまた、あの男が現れて、こちらを見ていた。

「どうしたんです、お順さん」

金縛り(かなしば)りに遭(あ)ったようなお順に是清は訊いた。

「あの人、ずっと、あたしをつけているのです。水野さんのことだって誤解して、あらぬことを言うのです」

是清はつかつかと男に近づき、ふた言、み言、言葉を掛けた。男が唇の隅を歪ませたと思った瞬間、男の拳は是清の顎(あご)を直撃していた。華子の悲鳴が上がった。是清は呆気なく地面に倒れた。

男はなおも倒れた是清の身体に蹴(け)りを入れた。お順の全身に訳のわからない痺(しび)れが走った。お順はまっすぐに男に近づき、頭の簪を引き抜くと、躊躇(ちゅうちょ)することなく男の背中にそれを突き刺していた。男は獣のような声を上げた。

男の身体から引き抜いた簪の銀の挿し込み部分は花びらの色よりも赤かった。

テレツクテンテン、テレンコテンテンテン……。

是清と男とお順を中心に人垣ができた。お順は荒い息をしながら、囃子方の鳴り物の音を聞いていた。それは遠退くようにも、逆に近づくようにも思えた。それでいて、華子の泣き声だけが、ひどく明瞭であった。

慕情

一

明治七年（一八七四）三月。

雨竜千吉は清国から帰国すると、友人の水野是清の家を訪れた。水野是清は一万八千石水野家の跡取りであった。徳川幕府が瓦解した後、是清は横浜の仕舞屋で同年齢の書生達と合宿生活をしながら英語の修業を続けていた。御一新前の是清は蘭学を学んでいたのだが、時代の趨勢を鑑みて英語の必要を強く感じ、蘭学よりも英語を熱心に修業するようになったのだ。

江戸府内の屋敷から横浜に居を移したのは倒幕派の連中から是清の身を守るための水野家の策であったらしい。水野家は下総国に領地があった。是清の父である藩主水野是政と江戸詰めの家臣は佐幕派につき、一方、国許の藩士達は尊王攘夷を唱えたため、藩は二つに割れた。このため是政は家臣と会津兵、彰義隊を率いて国許の城を攻めるという奇妙な戦争を行なった。一旦は勝利を収めたものの、官軍に攻められ、城は落ちた。しかし、また幕府軍が動いて城にいた官軍は追い払われることになった。水野家の運命は二転、三転した。

そういう状況の中で是清の身にも危険が迫っていた。水野家は密(ひそ)かに是清の身柄を横浜へ移したのである。その時、同年齢の若者が側近代わりに集められた。千吉もその一人であったのだが、当初は英語習得のための合宿と疑わず、水野家の事情は知らなかった。

是政は致仕(ちし)（隠居）し、是清は最後の藩主であったが、実際にはその座に就(つ)くこともなく終わったのだ。お順の父親である平兵衛は水野家に出入りを許されていた関係で、是清のことにもひと役買ったのである。しかし、それは、ずっと後になって千吉がわかったことである。

師匠である貿易商、マイケル・ケビンの教えはおもしろく、また、仲間とわいわいやりながら暮らす毎日は、不安定な世の中にも拘(かかわ)らずこの上もなく楽しいものだった。

しかし、一介の御家人(ごけにん)の息子であった千吉は、父親が禄(ろく)を失い、下手(へた)な商売に手を出して失敗すると、すぐさま生活のために働かなければならなかった。

横浜の合宿所は千吉の就職やら、朋輩(ほうばい)の才門歌之助の死、マイケル・ケビンの仕事の都合やらで存続が難しく、とうとう閉鎖されることになってしまった。

その後、是清は湯島の開成学校から分離独立した東京外国語学校に籍を置き、英語の修業を続けていた。是清はもうすぐ許婚の本多華子と結婚してイギリスに留学することになっている。

身分の違いを承知していながら、千吉は是清のことが内心で羨ましくてならなかった。

英語習得にはアメリカやイギリスに留学するのが一番でもあったからだ。合宿所を退いてから千吉は独学で英語の修業を続けていたが、所詮、それには限りがある。

千吉は叔父の経営する日本昆布会社という貿易会社に勤めていて、商売上、外国人と接触する機会も少なくなかった。英語習得のためにはお誂えむきの職業とはいうものの、相手は英語圏の人間だけとは限らない。この度のように清国に赴いて蚕の買い付けをするという仕事もあるのだ。中国人の通詞（通訳）を雇い、千吉は通詞を介して交渉を進め、英語を遣う機会はなかった。

是清がイギリスに赴けば、それこそ朝から晩まで嫌やでも英語で喋らなければならない。

留学を終えて帰国した時、是清の語学力と自分の語学力とは雲泥の差がついているのだと千吉は思う。しかし、是清は千吉の内心の思いなど微塵も感じるふうもなく留学の話を淡々とした口調で告げた。そこには自慢気なものはなかった。まるで上方にでも行くような感じであった。

　今の千吉は是清の留学生活が恙なく送られることを祈る気持ちになっている。それは清国といえども日本の外に出て違う景色を眺めたせいかも知れない。あるいは行方知れずになっている恋人お順の安否に心を砕いていたせいだろうか。

　千吉は清国から戻ったら、あちらの話をする約束を是清としていた。是清は外交官を志す考えも持っているので外国はどこでも興味の対象であった。千吉の目から見た清国は列強のアジア進出により、農村経済が崩れ、農民の貧しさが目立った。それは古くからの手工業が列強本国の機械生産による製品の流入により成り立たなくなったからだ。

　日本がヨーロッパの技術や制度をいち早く導入して富国強兵策を実現しようとしたことで、イギリスや他の西欧諸国からの従属化を避けることができたと千吉は感じている。そういう話を千吉は是清に伝えたい気持ちがあった。また、マイケル・ケビンの会社で事務を執っている袴田秀助から、是清が初午の日に無頼の輩に襲われて打擲を負ったという話も聞いた。是清を訪問する理由は、その見舞いも兼ねていた。

不忍池近くの茅町の一郭に是清の住まいがある。長屋ではなく一軒家の体裁を保っているが、そこは飯炊きの婆や一人と水野家の使用人を置いているだけの質素なものだった。中年の使用人は日中、本家の帳簿付けなどの仕事があって家にいないし、婆やは食事の仕度と掃除、洗濯をこなせば、すぐに近所の自宅に戻るので、是清はほとんど独り暮らしのようなものだった。

狭い土間口から訪いを入れると、是清が和服姿で現れた。千吉の顔を見ると満面の笑みになった。瓜ざね顔の是清は誰が見ても育ちのよさを感じさせる。

「ようやくお帰りになられましたか」

是清は穏やかな口調で言った。千吉は是清の顔が心なしか細くなったようにも感じられた。少し伸びた髪のせいでもあったろうか。真ん中からきっぱりと分けた髪型である。

「殿様、ご無沙汰致しております。袴田から話を聞きまして大層驚きました。その後、お加減の方はいかがでしょう」

千吉は一礼して言葉を続けた。水野家の跡取りであるので、千吉のような貧乏御家人の息子から見たら紛れもなく殿様であるのだが、合宿所の仲間達は尊敬の気持ちよりも揶揄するような感じで呼び掛けていたのだ。

「お蔭様で。もうすっかりよくなりました。ご心配を掛けて申し訳ありません」

「そうですか。それはよろしゅうございました」

「雨竜君、さあ、堅苦しい挨拶は後回しにして上がって下さい。積もる話をしましょう。家にばかりいて、すっかり退屈していたところです」

是清は如才なく千吉を座敷に促した。

茶の間は昔ながらの和室である。壁際の書棚には洋学の書物が多い。不忍池が見える窓の傍に文机が設えてあり、いかにも学生の部屋らしい。床の間に山水画の掛け軸があり、その下の青磁の壺に梅が一枝、放り込まれていた。他には余計な飾りのない、あっさりとした部屋である。千吉は紺の洋服姿で、ズボンの膝を気にしながら正座した。洋服は今年に入って、横浜のイギリス人がやっているテーラーで仕立てたものである。

「一杯、やりますか？」

是清は悪戯っぽい表情で訊く。

「殿様、まだ陽は高いですよ」

千吉はやんわりと制した。

「これからお仕事があるのですか」

「いや、本日は挨拶回りをするということで会社の方は休みを取りました」

「それなら構わないでしょう。何んなら泊まって行って下さい」

「そのような雑作(ぞうさ)は掛けられません。どうぞお気遣いなく」

千吉がそう言うと是清は含み笑いを洩(も)らした。

「しばらくお会いしていないと、途端に他人行儀になりますね。ささ、昔のように膝を崩して。遠慮は無用ですよ」

「畏(おそ)れ入ります」

是清は台所から湯呑(ゆのみ)と酒の入っている一升徳利(どっくり)を運んで来ると千吉の前に置いた。それから鍋と小皿も持って来た。

「うちの婆やの煮染(にし)めはうまいですよ。召し上がって下さい」

久しぶりに酒を酌(く)み交わし、是清は顔をほんのり赤く染めて「雨竜君、お順さんには会いましたか」と訊いた。千吉は、ぎくりと是清を見たが力なく首を振った。

「ずっと行方が知れません。しかし、おれが清国に行っている間に横浜の会社に訪ねて来たそうです。叔父が会って居所を訊いたそうですが、また改めて来ると言ったきり、そのままになってしまいました」

「そうですか……」

是清は俯いて溜め息を洩らした。

「お順さんは築地の居留地の女学校で助手を務めていたのですよ」

叔父であり、また千吉の勤める日本昆布会社の社長である加島万之助もそのようなことを仄めかしていた。しかし、千吉は、お順のその後のことは全く知らなかった。是清が訳知り顔をしたことを訝る気持ちだった。是清はそんな千吉に構わず話を続けた。

「華さんが通っていた女学校です。お正月に華さんのお宅に遊びに行った時、偶然、お順さんとお会いしました。華さんがお順さんを招待していたのです」

「何か殿様に言っておりましたか」

千吉は慌てて訊いた。

「はい。ミスター・モディールとは離婚が成立したようですが、困ったことに……」

是清は逡巡する表情になって口ごもった。

「遠慮なくおっしゃって下さい。あいつに何があってもおれは今更驚きはしませんよ。どだい、人の女房だった女と深間にはまったのです。この先、どうなろうと……」

「投げやりですね」

是清はそう言って千吉の湯呑に酒を注いだ。

「君に居所を知らせてくれるなと釘を刺されました」

「なぜです？」

千吉は強い眼で是清を睨んだ。是清はその眼にたじろいだように二、三度、眼をしばたたいた。

「ミスター・モディールは離婚してから一年間、お順さんに独身を通すことを命じてアメリカに帰国したのです」

「…………」

「どうしてそんな条件をつけたものやら……これはあれですか、男の嫉妬というものでしょうか」

「さあ……」

「ミスター・モディールの会社の番頭が会社を引き継ぎ、今は窪島商会というそうです」

「それは叔父から聞いて知っておりました」

「その窪島商会の社長が人を雇ってお順さんを見張らせていたのですよ」

「何んのために」

「もちろん、お順さんに男性の影がないかどうかを探るためです」

千吉はやり切れなさに吐息をつき、湯呑の中身を勢いよくあおった。

「実はぼくが腰を痛めてしまったのは、お順さんをつけていた男にやられたためです」

「どうしてそんなことに」

「洗いざらいお話しします。雨竜君……」

是清は開け放した窓の外に視線を向けて静かな声で言った。不忍池は風のせいで少しさざ波が立っていた。

二

泊まって行けと引き留める是清を振り切って千吉は船で横浜に戻った。かなり酔ってはいたが千吉の頭の中はしんと冷えていた。

お順をつけていた窪島商会の回し者は初午の日に華子の屋敷までやって来たという。初午の日は屋敷を開放するので図々(ずうずう)しくも中まで入って来たのだ。

その男はお順と是清の仲を疑ったようだ。

当惑している様子のお順に是清は同情し、男に向かって、いい加減、無礼なことはよしたまえ、と意見した。男は是清の言葉を殊勝(しゅしょう)に聞くどころか、是清に向かって暴力を働いた。是清を、そこら辺の書生の一人だと思ったのだろう。

是清は男の暴力に呆気(あっけ)なく引っ繰り返った。

倒れた是清になおも蹴(け)りを入れる男にお順は堪忍(かんにん)袋の緒(お)を切らし、髪に挿(さ)していた簪(かんざし)でその男を刺したのだ。その簪は千吉がお順に贈ったものだった。クリスマス・プレゼントにと気を利(き)かせたものが仇(あだ)になったようだ。

男の命に別状はなかったが、お順は駆け付けて来た邏卒(らそつ)に逮捕され、邏卒屯所(とんしょ)に連行されたという。華子の家では、自分の屋敷内で起こったことであるし、しかもお順が華子の通う女学校に勤めていたので代言人(だいげんにん)（弁護士）をやって事件が穏便に片付くように便宜を計った。お順は罪に問われることはなかったようだが、勤めていた女学校は辞(や)めさせられたらしい。

邏卒屯所の牢に収監されたお順に華子は何度も面会を乞(こ)うたが、お順は、それを拒否したという。窪島商会の窪島鶴松も屯所に呼ばれ、きついお叱りを受けたらしい。窪島はかなりこたえた様子なので、今後お順の身辺を探るのはやめるだろう。しかし、お順もまた、この度のことで根掘り葉掘り事情を訊ねられ、かなり神経を参らせただろうと是清は言った。

外国人の妻であったお順に邏卒がどのような無礼な質問をしたのか千吉にも予想はつく。

彼等はお順をモディールの妻としてではなく、あたかも外国人相手の娼婦のように興味本位の訊問をしたに違いない。自尊心の強いお順が、それによってどれほど傷ついたかは想像に難くない。

千吉はお順のことを思って何度も詮のない溜め息をついた。自分が傍にいたなら、こんな結果にはならなかっただろうと、それればかりが悔やまれた。

是清は早くお順の居所を捜せと言った。もちろん、千吉もその気持ちでいる。今、千吉ができることはお順を抱き寄せて「君は悪くないよ」と慰めることだけである。

お順の傷ついた心は、それによって少しは晴れるだろう。なのに、お順は相変わらず千吉と連絡を取ろうとしない。お順が何を考えているのか千吉には見当もつかなかった。これで二人の仲も終わりだろうかと心細い考えも脳裏を掠める。それならそれで仕方がないという気持ちと、いや、絶対自分にはお順でなければならないという気持ちが交錯する。

横浜の家に戻り、万年蒲団に横になっても千吉はお順のことが頭から離れなかった。

クラーク・モディールは一年間、お順に再婚することを禁止したという。モディールの意図がわからない。しかし、お順はその条件を殊勝に守るつもりでいるのではないだろうか。それは何んのためだろう。元亭主に対する義理立てか。あるいは……そこで千吉は床の上に起き上がり、胸にかいた汗を手で拭った。春になったばかりだというのに、ひどく蒸し暑い夜だった。

あるいは、お順が自分の誠実を試すための期間でもあるのだろうか。そうだとしたら、千吉は九月までお順に待たされることになるだろう。

あと半年。その半年の月日が途方もなく長い時間に思えてならなかった。

台所に下りて、千吉は水瓶の蓋を取り、柄杓で水を掬って飲んだ。水はぬるく、ちっとも酔い醒ましにはならなかったが、喉の渇きは幾分、癒された。手の甲で唇を拭った時、土間口の戸が控え目に叩かれた。

すわ、お順かと色めき立って鍵を開けたが、現れたのは袴田秀助の分別臭い顔であった。

「わ、悪いな、こんな時間に。寝ていたのか」

袴田は気後れした表情で口を開いた。

「いや、これから寝るところだった。どうした」

袴田は普段着の単衣の恰好だった。マイケル・ケビン商会も横浜にある。千吉の勤める日本昆布会社は港の近くにあるが、マイケル・ケビン商会は市街の中心にあった。同じ横浜にいるくせに、二人は滅多に顔を合わす機会がなかった。

「今日、殿様と会ったんだろう？」

寝ていた蒲団を手早く纏めて袴田を中に促すと、袴田はすぐに、そう訊いた。

「どうして知っている」

千吉は少し驚いた表情で袴田の顔を見た。

人の噂を聞きつけるのが早い男である。こういう男は貿易会社の事務を執るより新聞記者にでもなったほうがいいのではないかと千吉は内心で思っている。

「いやなに。あの後でおれも殿様の所に行ったんだよ。殿様はひと足違いでお前が帰ったばかりだと言ったのさ」

「そいつは残念だったなあ。そうと知ってりゃ、もう少し長居するんだった。殿様、酔ってただろ？」

「うん。呂律が回らなくなっていたよ。おれにも飲め飲めと言うものだから断るのに往生した。それで少しつき合っていたら、酔いが回ったせいもあったろうが、お前とお順さんの話になってさ、何んとなく気になって……」

袴田は気の毒そうな眼になって千吉に言った。

「それで、こんな夜中にやって来たのか。ご苦労なことだ。お節介は相変わらずだな。しかし、お前が心配してくれたからといって埒は明かないんだ。なるようにしかならぬ」

千吉は憮然として吐き捨てた。

「お順さんは昔から謎めいたところがあった。並の女と違っていたよ。お前が惚れたのにも何んとなく合点がいく。あの人こそ、お前にふさわしい女だと思うよ」

袴田はお世辞でもなく続けた。袴田の言葉が千吉の胸に滲みた。

「お順さんの行方は知れないということだけど、お前は真剣に捜したのかい？」

袴田は少し責めるような口調で訊いた。

「多分、向島の母親の所へ身を寄せていると思うが、正確な居所を知らないんだ。何しろ、おれは清国から帰国して間もないし、お順が邏卒に引っ張られた話も殿様から今日、聞いたばかりなんだ。お前、殿様の怪我にお順が関わっていると言わなかったじゃないか。心底驚いたよ。頭が混乱して何をどうしていいのか、さっぱりわからん」

千吉はそう言って自分の髪の毛を掻きむしった。

「お順さんが悪いんじゃないよ。殿様を庇うためにしたことだ……だけど世間の人は、お順さんがアメリカ人の奥さんだったことから、おかしな目で見るんだ」

「勤めていた女学校も首になったらしい」

「築地のアメリカ人の宣教師夫人がやっていた女学校だろ？　アメリカ人もこうなりゃ、結構、了簡が狭い人種だな」

「アメリカ人に限らず、教育に携わる者は部下が刃傷沙汰を起こしちゃ、黙っているもんか。当然の成り行きだ」

「冷たいんだな、雨竜」

袴田は少し呆れたような表情で言う。

「おれは一般論を言っただけだ。だからって、おれのお順に対する気持ちに変化があったという意味ではないよ」

そう言うと袴田は「ほう」という顔になった。

「その点は開明的だな。さすがに雨竜だ」

「何言いやがる」

「それじゃ、これからお順さんに会って、よく話をすることだ」

「ああ、そのつもりだ」

千吉の言葉に袴田はようやくほっとした表情になった。

「殿様、イギリスに行くんだな」

袴田は話題を換えるように言った。千吉は茶の道具を引き寄せ、茶を淹れた。

「英語を習得するためには留学が一番効果的な方法だ」

千吉は茶の入った湯呑を袴田に差し出しながら応えた。

「御一新からしばらく経つというのに、この国の英語修業は相変わらず福沢諭吉の興した慶應義塾以上に目覚ましい所はないよ。雨竜は通詞になることを諦めたのか?」

袴田の言葉に千吉の胸はどきりと音を立てた。ずっと胸の奥に仕舞い込んでいたものを、いきなり目の前に晒されたような気がした。

千吉は狼狽(ろうばい)している自分を感じた。

「雨竜は慶應義塾で勉強する気はないかい？」

袴田は千吉の心の動きを微塵も感じたふうはなかったが、そんなことを言った。

「慶應義塾は、おれ達のように薹(とう)の立った者は取らぬだろう」

「いや、決まりの束脩(そくしゅう)（月謝）を払えばオーケイらしい」

「しかし……」

勤め人の千吉は仕事を差し置いて慶應義塾に通えるかどうかを考えてみる。今の千吉には無理難題なことであった。

「おれがケビン先生の会社に勤めているのも、雨竜が叔父さんの会社を手伝っているのも、もちろん生計のためではあるけれど、英語の修業のためにはよそに行くより都合がいいからだろう？　どこかで英語に繋(つな)がるような気がしたし……」

「だが、結局は繋がらない。仕事は仕事、英語は英語だ」

「そうそう」

袴田はあっさりと相槌(あいづち)を打つ。

「ケビン先生もお前の叔父さんも商売人だからさ。商売を優先するんだ。福沢先生も弟子に英語を教えるだけじゃ銭はたまらないから著作を売って財産を作ったんじゃないか」

洋行した経験をもとに『西洋事情』『西洋旅案内』『西洋衣食住』、それに福沢のベスト・セラーと言うべき『学問のすゝめ』は、もはや八編を数える。明治元年（一八六八）に鉄砲洲にあった塾を芝の新銭座に移し、慶應義塾と名づけ、さらに明治四年（一八七一）には三田に塾を移して今に至っている。塾生は二百人以上もいるという。

千吉は福沢諭吉という男には懐疑的な気持ちを持っていた。

福沢が新政府の役人に就かず、自分流の教育の実践に情熱を燃やしているせいかも知れない。これで福沢が新政府の通詞として活躍していたなら千吉の福沢観はもっと違ったものになっていただろう。マイケル・ケビンの教えを請うことより福沢の塾に入ることも、あるいは考えたかも知れない。もう一つには千吉の父親が福沢に対して批判的な意見を持っていた理由もある。

福沢諭吉は鎖国には反対していたくせに、さりとて勤王派というのでもなかった。御一新で政治が幕府から新政府に移り、福沢は新政府から再三、教育の分野に手を貸せと懇願されたようだが断っている。そういう曖昧なところが千吉の父親の反感をかったようだ。

　独自の教育を少年達にするとの意気込みで鉄砲洲に蘭学塾を開いたのが安政五年（一八五八）、福沢、二十四歳の時である。その後、オランダ語が実践的でないことを痛感して英語の教育に切り換えている。福沢は言わば英語教育の草分け的指導者であった。

「今度の日曜日に三田で福沢先生の演説会があるんだ。雨竜、一緒に行かないか」

　袴田は慶應義塾にいたく執心しているらしく千吉を誘った。

「それでお前は福沢の話を聞いて気に入ったら慶應義塾に通うつもりなのか」

　千吉は試しに訊いた。

「悪いか？」

　袴田は千吉を上眼遣いで見ながら言った。

「別に悪いとは言っていない。だが、お前がそんな気持ちになったのは殿様がイギリスに留学する話になってからのような気がする」

「その通りだ」

「…………」

「殿様の立場とおれの立場を一緒にするのが乱暴なことは百も承知だ。だが、同じように英語を学んで来て、向こうは何んの苦もなく留学して、帰国した暁には殿様の語学力はペラペラ、こっちは片言というのは悔しいじゃないか」

袴田の口吻には熱がこもっていた。

「それならお前も金を貯めて留学することを考えるんだな」

「雨竜……」

袴田は呆れたように千吉を見た。袴田の言いたいことはわかっていた。個人の費用で留学をすることがどれほど大変かと。

その時、千吉の胸を掠めていたものは、函館の通詞、財前卯之吉の分別臭い顔であった。

財前卯之吉は誰の助けも借りず、自らの力で英語をものにした男であった。東京でも横浜でもない、北海道の片田舎の函館に於いて、それをしてきたのだ。

「お前が英語を覚えたいという理由は何んだ」

むっと頬を膨らませた袴田に千吉は訊いた。

「それは、これからの世の中にふさわしい外国語だからだ」

「それだけか」

「他にどんな理由が要る」

袴田は挑戦的な眼で千吉を睨んだ。千吉はその視線をさり気なく外して「おれは、いずれ外国に赴いて見聞を拡めたいと思っている。そのために英語を体得したいのだ」と応えた。

袴田がこれ以上ないほど眼を見開き「本気なのか」と畳み掛けた。

「ああ」

「通詞になるためじゃなかったのか？」

「確かにケビン先生から教えを受けていた時は通詞になることしか頭になかった。しかし、それから色々事情ができて函館に行ったり、横浜で仕事をしている内に、おれの中で通詞になることより、もっと広い意味で英語というものを考えたくなったんだ。時代が変わったせいかも知れぬ」

「福沢先生の指導は要らないということか？」

袴田は心細い顔で訊く。決心を固めて千吉に打ち明けたのに、あっさりと否定されて落ち込んでいる様子でもあった。

「もはや小僧と一緒に机を並べて勉強する気はない。いや、これはおれの考えでお前にそれを押しつけるつもりはない。お前はお前でやれ。おれはおれでやる」

袴田はしばらくの間、何も言わずに千吉を見つめていたが、やがて納得したように大きく肯(うなず)いた。

「わかったよ」

「それより、お順のことで何か情報を仕入れたら教えてくれ。取りあえず、今のおれには福沢先生よりもお順のことが切実にして重大な問題なんだ」

千吉はそう言って悪戯っぽい表情で袴田に笑った。

「お順さんは雨竜のラバーだからな」

袴田は白けた顔で呟(つぶや)いた。

　袴田秀助は十二時近くになって、ようやく自分の家に帰った。千吉は自分の言った言葉に興奮していた。おれはおれのやり方で英語を体得する、いずれ洋行を果たすつもりでいる、ということにも。袴田にそれを話すまで千吉自身も定かには自分の気持ちを計りかねていた。袴田にはっきりと言葉で伝えて本心を確認したのだ。外国に行く、それもアメリカに。お順と二人で。その希望がたとえようもなく千吉を幸福な気持ちにさせた。

三

しかし、千吉は日曜日になると袴田が誘っていた福沢諭吉の演説会を聞きに三田の慶應義塾へ出かけた。福沢の話に示唆されるものがあるのでは、と考えたからだ。

三田の慶應義塾は元島原藩の中屋敷であった所である。政府に交渉して、一万数千坪の地所を借り受けたという。大名屋敷であるから建物も六百坪以上ある。小高い所にあるので、そこから海が見え、すこぶる眺めのよい所だった。語学を学ぶ環境としてはまことにふさわしいと千吉は思った。

御殿を教場にして、長局の間は書生部屋にしている。広大なことは言うまでもなく、教場に向かう廊下でさえ、九尺もの幅があった。

演説会の聴衆は塾の生徒がおおかたであったが、中には千吉のような勤め人の姿もちらほら目立った。千吉は袴田の姿を捜したけれど、三百人もの聴衆の中では彼の姿を見つけることはできなかった。

千吉は教場の後ろで福沢諭吉の演説を聞いた。四十歳の福沢諭吉は紋付羽織に威儀を正し、微塵も臆する様子もなく滔々と自身が洋行した経緯やら、初めての外国の景色などを語った。いわゆる演説風の口調ではなく、所々にユーモアをまじえて語るので少しも退屈することはなかった。

彼は外国語をものするには字引が必要なものであることを熱心に語った。福沢が最初に手に取った字引はホルトロップという英蘭対訳発音つきの字引で、当時としては破格の五両という値がついていた。福沢はこれを中津藩に買い上げて貰い、その字引と首っ引きで独学したらしい。

字引――千吉は俄かに掌を打つ気持ちであった。福沢が手に入れた頃の字引は英語をオランダ語に訳したもので、オランダ語にさほど明るくない千吉は二重手間になるような気がして手を出さなかったのだ。福沢はオランダ語にも堪能であった。オランダ語も英語も所詮、同じ横文字と、あっさり言ったところは、さすがに福沢だと思った。行動を起こすにも躊躇するものがない。福沢は確かに大人物であるとも思う。しかし、教えを受けている書生達の顔つきが気に入らなかった。いかにも自分は時代の最先端を行く英語を学んでいるのだという鼻持ちならないものが感じられる。それは千吉のひがみだったのかも知れないが、そういう書生達と一緒に学ぶことには抵抗を覚えた。

誰に煩わされることなく独りで学びたい、そう千吉は強く感じた。函館の財前卯之吉のように。

今は洋書も以前と比べものにならないほど日本に入って来ている。横浜にあるキニップルという洋書も扱う店に行けば、英蘭の字引ではなく、直接日本語に訳された英語の字引も手に入れられるのではないかと思った。

なぜ、そこに気がつかなかったのだろう。

英語は苦労して一つ一つ覚え、ノートに書きつけるものと、信じて疑わなかったせいだ。

福沢がアメリカに赴いた際、現地からも字引を調達して来たということだから、福沢の手による字引があるかも知れない。そうなればこれまで通り、独学で英語が学べるというものだ。そう思うと千吉は胸が高鳴るような喜びを感じた。

三田からの帰り、横浜の洋書の書店に行って字引を捜した。千吉が驚いたのは英和の字引の歴史が存外に古いことであった。

文化五年（一八〇八）に長崎港に英国軍艦が侵入した狼藉事件、いわゆるフェートン号事件が起こってから、幕府は長崎の通詞に英語を学ぶことを命じたという。恐らく長崎在住であったお順の父親も、このことがきっかけで英語に手を染めることになったのだろう。

しかし、何しろ遠い長崎のこと、江戸まで、その影響が及ぶことはなかった。それからさらに時を経てマシュー・カルブレイス・ペリーが来航した。この時もペリーの意思を正確に伝える通詞は江戸にも箱館（明治二年に「函館」と改められた）にもいなかった。

さらに九年後の文久二年（一八六二）、日本最初の英和の字引『英和対訳袖珍辞書』が出版されたという。

そういう話を書店の番頭が千吉に話してくれた。番頭が千吉に勧めた字引は『英和対訳袖珍辞書』の第二版、慶応二年（一八六六）に発行されたものであった。それは千吉が予想した以上に高価であった。しかし、もっと新しい物になると、とても手が出せない。最新の字引は前年の明治六年（一八七三）に発行された『英和字彙』であった。千吉は財布にあるだけのもので前金とし、残りは給料日に払うことにして『英和対訳袖珍辞書』の第二版を手に入れた。

『英和対訳袖珍辞書』は堀達之助という人物の手によるものであった。堀達之助という名は、どこかで聞いたような気もしたが、すぐには思い出せなかった。字引は洋式活字なので、すこぶる読み易い。序文を読むと『英和対訳袖珍辞書』の初版は幕府から辞書編纂の命を受け、三年掛かりで仕上げたものであるという。堀自身もその意義を大いに認識して励んだもののようだ。第二版は訳語の数も増え、内容的にも初版のものより格段の進歩があると自信のほどを窺わせていた。

　序文を読み、次に堀達之助の経歴に目を留めて、千吉はひどく驚いた。彼は開成所（開成学校の前身）の教授であったが、教授在職のまま慶応元年（一八六五）から明治五年（一八七二）までの七年間、函館勤務となり、運上所（税関）内に設けられた英語の稽古所「箱館洋学所」で通詞志望者の養成に当たっていたという。明治五年の頃は千吉も函館に赴任していた。どうりで堀達之助という名前に何んとなく見覚えがあるような気がしたはずである。堀は函館勤務の期間中に『英和対訳袖珍辞書』の第二版の編纂に携わったのだ。

　千吉は迂闊な自分を恥じた。洋学所には気後れを覚えて、その門を叩こうとしなかったことを後悔していた。どこかで、函館に於いては英語修業も大したことはできないと高を括っていたような気がする。財前卯之吉に会って、その考えは払拭されていたはずなのだが。

　深い溜め息をついて文机に字引を置いた時、その字引に書き付けのようなものが挟まれているのに気がついた。

それは手帳の切れ端のようなものだった。

堀達之助を筆頭に数人の名前が筆で記されていた。書店の番頭ではなく、その先の版元の人間でもしたためたのだろうか。どうやら函館で活躍する通詞の顔ぶれらしい。通詞も最近は訳官という名称に変わって来ている。

千吉の眼は一瞬、釘付けになった。その訳官の末尾に懐かしい財前卯之吉の名前を認めたからだ。千吉は大袈裟でもなく神仏の加護を感じた。

財前卯之吉……三等訳官、開拓使掌訳官、英和対訳袖珍辞書取調掛
その字引には財前卯之吉もかかわっていたのである。千吉の中を大きな喜びが走った。函館の大火の後、卯之吉とは会っていない。千吉も叔父の方針に従い横浜に戻ってしまったからだ。卯之吉は開拓使の通詞をしながら堀の字引を調べる役人として勤めていたのだ。

卯之吉に会いたい。会って自分がこれからどうしたらよいのかを相談したいと千吉は思った。叔父の加島万之助に頼んで一度、函館に戻りたいと強く思った。

大火以後、叔父は函館の商売から手を引いている形になっていた。千吉が函館の状況を見て、商売を再開できるかどうかを確かめる必要もあるのではないかと考

えた。それはいささか自分に都合のよいことではあったが。

四

千吉はさっそく自分の意見を叔父に伝えた。

しかし、加島万之助は千吉の話に一理あると応えたものの、すぐに千吉を函館に出張させるとは言わなかった。日本昆布会社の業績も最近は横這い状態で、何か別の方法を考えなければ会社の運営も覚つかなくなる恐れがあった。時代の流れで貿易に手を染める会社が雨後の筍のようにあちこちで設立されていたからだ。

加島万之助は、最近、深川に煉瓦工場ができることに興味を示している。銀座通りの煉瓦街に使われた煉瓦は高い金を出して外国から輸入したものであった。日本でその煉瓦を生産できるのなら輸入するよりはるかに安く客に提供できるというものである。万之助は何んとかして、その事業に一枚加わりたいと躍起になっていた。

千吉は北海道で酪農が発展していることに目をつけ、乳製品をどうにかして横浜に運べないものだろうかと考えていたので、万之助の意見とは喰い違ってしまう。しかし、会社は万之助の物であるので、千吉はそれ以上、強く主張することもできなかった。

お順の行方は杳として知れない。袴田からそろそろ連絡があってもいい頃なのにと、千吉は苛立つような日々を過ごしていた。

そろそろ桜の季節も終わり、春というより夏めいた陽射しが降る頃、千吉は外廻りの仕事から会社に戻った。

社長室から機嫌のよい叔父の笑い声が聞こえた。千吉は事務の松田節蔵に「お客さんが来ているのかい？」と訊いた。

「あ、お帰りなさい。雨竜さんのお客さんがお待ちですよ」

松田は算盤と帳簿付けに堪能な男である。

米屋の丁稚を勤めていたところを万之助にみそめられたのだ。いがぐり頭の十八歳である。千吉に倣って洋服を愛用していた。

「おれの？」

ふと、お順かと思ったが万之助の話しぶりから、どうも相手は男のようだ。

「函館にいた方のようですよ。何んでもお上(かみ)の御用で東京に来たらしいです」

千吉は節蔵の言葉に肯くと、奥の社長室の扉をノックした。

「雨竜です。ただ今戻りました」

叔父の返答の後で千吉は事務的な口調で言った。社内では叔父だからと言って馴(な)れ馴れしい言葉遣いはしないことにしている。

「入りなさい。珍しい方が見えているよ」

万之助は気をもたせるような言い方をした。

「失礼します」

扉を開けて中に入ると、ソファに座っていた小柄な男が腰を上げた。その男こそ、もう一度会いたいと思っていた財前卯之吉であった。

「財前さん……」

驚きと喜びで、すぐには次の言葉が出て来ない。およそ、一年ぶりの再会であった。卯之吉も照れ臭いのか、せわしなく眼をしばたたいて「や、大したしばらくだったなや」と笑った。函館訛(なま)りのいつもの口調だったが黒い洋服に小さな蝶(ちょう)ネクタイを締めて、きちんとした恰好をしていた。

「いったい、どうしたんですか」

千吉は扉の傍で突っ立ったまま訊いた。

「千吉、こちらに来て座りなさい。財前さんは政府の御用でこちらに見えたそうだ」

万之助は千吉に説明した。千吉は卯之吉の横にそっと腰を下ろした。

「イギリスの裁判長の伴をして来たのよ。東京までの通詞を仰せつかってな」

「凄いですねえ、ますますご出世されたようですね」

千吉は感歎の声を上げた。

「なに、適当な人がいなかったのよ」

卯之吉はどこまでも謙虚な姿勢を崩さない。

「千吉が、こんな偉い人とお知り合いだったとは、ちっとも気づきませんでした」

千吉の留守の間に万之助は卯之吉から色々と話を聞いたようだ。

「函館にいた時は財前さんに英語を教えていただいたんです」

千吉は卯之吉との関わりを叔父に説明した。

「おれは何んも教えね。こいつが一人でおれのノート・ブックを写して勉強していたんだ。社長、こいつは英語の筋のいい男ですよ。こいつの英語ば伸ばしてやって下さい。きっと後々、役に立つはずですから」

卯之吉は万之助に対しては折り目正しい物言いになった。万之助は卯之吉の言葉に笑顔で肯いた。

「最近、ぼくは字引を手に入れたんですよ。財前さんが、その字引の取調掛をしていたことも知りました」

千吉は昂った気持ちで続けた。

「ああ、堀先生の拵えた字引な？　あれはいい字引だ。役に立つべ？」

「まだそれほど使っておりませんが」

「駄目だ、駄目だ。字引は嫌やになるほど使わねば意味ねッ」

卯之吉はその時だけ厳しい声になった。千吉は殊勝に肯いた。

「こいつが素直に言うことを聞くのを初めて見ましたよ。さすが財前さんだ」

万之助は顎を上げて哄笑した。


万之助は卯之吉を夕食に誘い、横浜の中国料理の店に連れて行ってくれた。その後で東京の街に不案内な卯之吉を心配して千吉は築地の外国人居留地にあるホテルまで送ることにした。東京の街の驚くほどの発展ぶりに卯之吉は眼を丸くして子供のように驚いた。

居留地に着くと、話し足りない卯之吉と千吉はレストランに入ってコーヒーを飲んだ。そのレストランは以前、お順と一緒に行ったことのある店だった。

「あのよ、お前ェ、ずっとあの会社にいるのが？」

卯之吉は店では物慣れた態度でコーヒーを飲んだ。外国人とのつき合いが多いので、口調はともかく、態度は微塵も気後れしたところがない。千吉にとって嬉しい発見であった。

「ぼくだって生活のために働かなければなりませんからね」

「英語、どうだ？　上達したか」

「まあ、ぼちぼちです」

「何んだ、ぼちぼちって」

「…………」

「挨拶ぐらいはできるんだべ？」

「それは何んとか」

「異人の冗談もわかるか」

「ええ。彼等は何んでも冗談混じりに喋りますからね」

「んだ。日本人にすればふざけているって怒鳴りたくなるようなことも、奴等にすればユーモアよ」

「そうですね」

「何んせ、眼の色も変われば考えもまた変わる。外国に行ったら、さらに変わったことも出て来る。お前ェ、アメリカさ行く気はないか」

突然のことに千吉は絶句した。そんなことを言い出す卯之吉の意図がわからない。千吉は卯之吉の金壺眼をまじまじと見つめた。

「誰か英語のできる若い者ば紹介しろって言われたのよ。アメリカに使節を派遣するって政府の方針があるんだ」

「ぼ、ぼくが？」

千吉は思わず声が上ずった。

「慌てんな。お前ェの英語が通じるってことが条件だ」

「それは……」

千吉は自分の英語力がどの程度のものなのか定かにはわからない。叔父の命令でお雇い外国人の世話を何度かしたことがあり、闇雲に知っている言葉を遣っていただけである。正式に通詞の修業をしている者から見たら、甚だ不足があろうというものだ。

「函館にも若い者はいることはいるんだが、どうも貧乏臭いのばかりでな。お前ェのようにすかっとした酒落者はいねェのよ。それでずっとお前ェのことを考えていたが、この度の東京行きでお前ェに会うことを考えたって寸法よ」

すかっとした洒落者と評されたことに千吉は苦笑した。手紙一本寄こさず、いきなり訪ねて来て卯之吉は重大な話をしている。それは考えてみたら卯之吉らしいとも思う。

「旅費は自分持ちですか」

千吉は気になる費用のことを訊ねずにはいられなかった。卯之吉はふん、と鼻を鳴らした。

「はんかくせェ。政府の御用で行くものは皆、政府の掛りだ。お前ェは一銭も出さなくていい。それどころか他に大枚の手当も出る」

まるで夢を見ているような気がした。

「出航は九月だ。アメリカの軍艦が迎えに来る。決心つけるなら話ば進める」

「是非！」

千吉は力強く応えた。

「よし、決まった。アメリカ見て来い。若い者は外国に行かねェば、これからの世の中、どもならん」

卯之吉は緊張した千吉に対し、にこやかな笑顔を見せていた。自分の何が卯之吉を気に入らせたものかわからない。船大工の息子として育ち、ひょんなことから英語と出会い、こつこつと独学で英語を学んだ男である。そういう卯之吉が江戸に生まれた小生意気な自分に目を掛けてくれたのだ。彼のものした「萬用手控」を熱心に写したことがよかったのだろうか。イギリス人の水夫から口伝えに仕入れた単語の数々。それらはある意味で『英和対訳袖珍辞書』よりも千吉にとっては貴重なものであった。

東京に滞在している間に卯之吉は千吉が渡航するための推薦状を調えてくれた。

後は政府からの正式の知らせを待つばかりである。アメリカへの訪問使節派遣団の一行には英語の通詞を志すものばかりでなく、千吉のように商社に勤めている者、新聞記者、医者、料理人等、およそ四、五十人の人間が選ばれるようだ。

明治政府は日本の将来のためにそうした試みを積極的にしているらしい。長い間鎖国政策を取っていた日本は、まだまだ世界に向ける目が必要であった。福沢諭吉が木村摂津守（きむらせっつのかみ）の伴をしてアメリカに渡航したのは万延（まんえん）元年（一八六〇）のことだった。それから十四年後の今日、アメリカ渡航もさほど驚くべきことではなくなっている。しかし千吉にとっては、もちろん青天の霹靂（へきれき）に値する一大事だった。

五

向島は昔ながらの鄙（ひな）びた風景のままだった。

そのことが千吉を何んとなくほっとさせる。

花見の季節も済んでいたので、向島はゆっくりと時間が流れるような日々を取り戻していた。

アメリカ訪問使節派遣団にはマイケル・ケビン商会の袴田秀助も選ばれることになった。マイケル・ケビンは推薦する者を一人と限定されていたため、千吉と袴田のどちらにしようか大いに悩んでいたようだ。千吉が卯之吉の推薦で選ばれたことで安心して袴田を推（お）したのである。

二人はその幸運に手に手を取って喜んだ。

長い道中、気心の知れた友が傍にいることはこの上もなく心強いことだった。しかし、落ち着きを取り戻すと千吉は途端にお順のことが気になって仕方がなかった。

少なくとも自分が九月から一年ほど日本を留守にすることはお順に伝えなければならない。袴田はお順のことなど頭になく、来るべき渡航に備え、親戚回りをして餞別を掻き集めることに躍起になっていた。

お順が向島にいるという微かな噂だけを頼りに千吉は仕事の合間を見て向島を訪れていた。

行き当たりばったり、八百屋や小間物屋に入ってお順のことを訊ねて見たが、誰も首を振った。洋装のお順は向島ではかなり目立つはずなのだが、心当たりのある者は一人として現れなかった。洋装の女性なら花見の時に嫌やというほど眺めたと皮肉で返される始末であった。

このまま連絡が取れないままに日本を離れることになるのだろうか。お順はクラーク・モディールとの約束の期日を満たすと、勇んで横浜の自分の家を訪れるだろう。その時、お順は千吉が日本にいないことを初めて知るのだ。意気消沈したお順の横顔が脳裏を掠めた。お順は千吉と自分との縁がなかったものと諦めるかも知れない。自棄になったお順が手っ取り早く金を稼ぐために外人相手の娼婦に身を落とす想像が脳裏をよぎる。恐ろしい想像だった。

千吉は大川の土手沿いにある水茶屋に入った。土手の高さに合わせて床を高くした見世だった。見世の横から段がついて川原に下りられるようになっている。緋毛氈を敷いた床几に座り、千吉は麦湯を啜りながらぼんやり大川を眺めた。のどかな景色は御一新前と変わっていない。ゆっくりと小舟が水面を行き交う。船頭も、乗っている客も丁髷頭だった。

たとい、世の中が変わっても人々の暮らしにさほど変化があるようには見えない。年寄りは昔のほうがよかったと愚痴をこぼすが、さて、この国はそれほどよい時代が過去にあったのだろうか。自分も年寄りになった時、昔はよかったと愚痴をこぼすような気がしてならない。

明治という時代が発展に向かうのか退廃に向かっているのかもわからない。

アメリカが自分に見せてくれるものは何んだろう。単に違う景色、違う文化だけなのだろうか、と千吉は思う。

叔父の加島万之助はめぼしい物を見つけた時は買い付けをして来いと少し多めの金を千吉に渡すようだ。政府からは仕度金として三百円が支給される。明治四年（一八七一）の新貨条例により、金一両は一円、一分は二十五銭、一朱は六銭五厘、銀一匁は一銭五厘と定められた。すこぶるわかりやすい通貨政策である。それによって損をした者も多いと聞いた。その段で行けば、千吉が手にする三百円は、三百両にも値するものである。かつてそんな大金を手にしたことはない。千吉は小網町の両親のためにその内の百円を進呈するつもりでいる。父親は病のために床に臥せっている状態であった。父親ではなく母親のためにそうするのだ。

お順にも何かしらの物を与えたいとは思うが、この様子では出航までに捜し当てられるかどうか覚つかない。

それでも向島の景色は千吉の心を幾分、癒した。何も考えず、冷や酒でも啜りながら日がな一日、この景色を眺めていたいと強く思った。お順を傍に置いて。時代が変わっても、この景色だけは永劫に変わってほしくないとも思う。それは紛れもなく江戸であった。千吉が感じていたものは江戸に対する慕情でもあった。

千吉は陽が傾き掛けるまで、じっと床几に座って大川と、そこを行き交う小舟、屋根舟を飽かず眺め続けた。いつしか、過ぎた江戸へ向ける千吉の慕情はお順に向ける気持ちと不思議に融合していった。

財前卯之吉はその後もお雇い外国人の訳官として活躍し、内務省の外務係中訳語専務を仰せつかった。しかし、卯之吉は終生、活動の拠点を函館に置き、その街の発展にも貢献した。明治二十三年（一八九〇）函館港深浅測量を実施した翌年、後進に仕事を託して依願免官している。しかし、日本の英語の発展に尽力した一地方人の名を知る者は、今ではほとんどいないのである。

東京繁栄毬唄（まりうた）

一

明治七年（一八七四）七月。

梅雨（つゆ）の明けたひどく暑い日にお順の母親のお蔦はひっそりと息を引き取った。

もともと病（やまい）がちで寝たり起きたりの生活をしていたお蔦である。梅雨時の鬱陶（うっとう）しさが思わぬほどお蔦の身体を蝕（むしば）んでいたようだ。

しかし、おっ母さんを殺したのはあたしだ、とお順は思う。一人娘に生まれたお順は我儘（わがまま）放題に育ち、母親の言うことなど素直に聞く娘ではなかった。年頃になってからは、当時としては珍しい国際結婚をしている。それだけでもお蔦の心（しん）ノ臓（ぞう）にはこたえたことだろう。

お蔦の心配の種は尽きなかった。お順はその後、夫と離婚し、築地にあるアメリカの宣教師夫人が経営する女学校の助手を務めるようになった。しかし、その職も自ら引き起こした不祥事（ふしょうじ）のために失っている。

お順は夫の会社を引き継いだ窪島商会の社長である窪島鶴松に身辺を監視されていた。

夫であったクラーク・モディールはお順に一年間、独身を通すことを離婚の条件に提示したからだ。モディールはアメリカに帰国したので、その後のお順のことは窪島の手に委ねられた。

窪島は岡っ引き上がりの男を雇い、昼となく夜となくお順を見張らせた。それがあまりに執拗であり、お順はほとほと神経を参らせていた。モディールとの約束の期限は今年の九月までである。正確には九月の七日が期日満了の日であった。お順はそれまで何んとしても堪えようと決心していた。九月になったら、晴れて雨竜千吉と再婚できる。それを望みにして何も考えず仕事に没頭しようと努めたのだが、お順の堪忍袋の緒はとうとう切れてしまった。

九月まで、まだ半年余りを数える二月の初午の日、お順は窪島に雇われた男の背中を髪に挿していた簪で刺したのだ。命に別状がなかったのが幸いである。

事を起こしたのは女学校の教え子だった本多華子の屋敷だった。華子の家に力があったことでお順は、罪に問われることは避けられたが、勤めていた女学校から退職を迫られた。

教育をする立場の人間が刃傷沙汰の事件を起こしたのだから仕方がないことである。

お順は、それからしばらくの間、向島の母親の家で暮らしていた。

お蔦が、そんな娘の行く末を思い、具合を悪くしてしまったのは至極当然のなりゆきというべきか。お蔦は持病の心臓の病ではなく、風邪を引いて呆気なく死んでしまったのである。

お蔦の葬儀に訪れたのは叔母のおちかだけであった。お順にはその他に親しい親戚もいなかった。

おちかは初七日に再び向島を訪れて来た。

すでに道具屋を呼び、目ぼしい家財道具を売り払った後だったので、家の中はからんと殺風景であった。おちかはそんな家の中を溜め息混じりに眺めていた。

「お順、これからどうするんだい？」

お蔦の位牌に手を合わせ、一心に「なんまんだぶ、なんまんだぶ」と唱えた後、おちかは、ゆっくりと振り返って訊いた。

「別に……」

お順は興味もないという顔つきで素っ気なく応えた。

「別にということがあるかい。自分のことじゃないか。この家を売ったお金でしばらくは暮らせるものの、寝喰いしている内にお金なんて、すぐになくなっちまうんだからね」

「わかってるわ」

お順は浴衣の膝を崩すと窓の外の大川に眼をやった。とろりとぬるんだ水の面を荷足舟が滑るように通るのが見えた。

「お前の敵方は何んと言っているんだい？」

おちかは千吉のことへ遠回しに水を向ける。

通夜で向島にひと晩泊まってもらった時、お順はさり気なく千吉のことをおちかに話していた。千吉の年齢と勤務先を伝えると、おちかは少しほっとしたような顔をした。内心では、突飛な相手でも想像していたらしい。

「ずっと連絡をしていないの」

お順は低い声でおちかに応えた。

「そいじゃ、姉さんが死んだことも知らないんだね？　どうりで弔いにも来なかったはずだ。あたしはまた、世間に遠慮して来ないのかと思っていたよ」

「どうして遠慮する必要があるの？　あたし、モディールと離婚して晴れて独り身よ」

お順はおちかの言葉に癇を立て、少し強い口調で言った。

「だったら、さっさと再婚したらいいじゃないか」

おちかも苛立たし気に麦湯を飲み干して続ける。

「モディールと約束したのよ。九月までは再婚しないって……」

「窪島の奴はまだお前の周りをうろちょろしているのかい？」

「いいえ。窪島はもうあたしの身辺をしつこく探って来ないと思うわ。本多さんのお屋敷の代言人（弁護士）がきっちり話をつけてくれたから」

「だったら……」

「叔母さん、あたしね、モディールとの約束はとにかく守りたいの。これは窪島とも千ちゃんとも関係ないの。モディールとあたしの問題なのよ」

お順はおちかの言葉を遮るように言った。

「律儀なこって」

おちかは皮肉に吐き捨てた。

「ごめんなさいね、叔母さん。我儘ばかりで申し訳ないと思っているわ。叔父さんにも民ちゃんにも迷惑掛けてしまったし……二人とも役所の人達にひどいことを言われていない？」

お順は恐る恐る訊ねた。おちかの連れ合いの由蔵と息子の民助は警視庁の巡査をしている。巡査はついこの間まで邏卒という呼び方をされていた。世の中はめまぐるしく変わり、昨日まで人口に膾炙していた言葉が今日は別の言葉になるということも珍しくなかった。

「ごめんね、お順。悪いけれどお前のことはうちの人も民助も役所の人には内緒にしているんだよ」

おちかは気後れした顔ですまなさそうに応えた。お順は一瞬、言葉を失った。しかし、すぐに取り繕うように「そうよね、無理もないわ。巡査の親戚が刃傷沙汰を起こしたことが知れたら大変なことですもの」と言った。

「民助は正当防衛とか何んとか、難しいことを言っていたけれど、うちの人はやっぱり古い人間だから……」

「いいえ、叔父さんは間違っていないわ。どんな理由にせよ、人を傷つけていいはずはないもの」

「だから姉さんの弔いにも顔を出さずに不義理したことは勘弁しておくれな」

「そんな、叔母さんが来てくれただけで大助かりよ。一人じゃ心細かったもの。一人っ子って駄目ね。やっぱり兄弟がたくさんいたほうが安心するわ」

「だったら、さっさと横浜の敵方と再婚して子供をいっぱい産むことだよ」

「ええ、そうしたいわ」

お順はようやく少し笑った。

「民助がちょいと妙なことを言っていたよ」

おちかはふと思い出したように膝を進めた。

「なあに？」

「何んでも政府の計らいで外国に留学する若い者が集められたそうだよ。その中に横浜の昆布会社の者もいるそうだ。もしかして、お前の敵方じゃなかろうかと民助は言っているんだけどねえ」

「………」

おちかは千吉のことを、すぐさま由蔵と民助に話したらしい。一つ年下の従弟である民助はお順のことを実の姉のように慕っていた。だから、おちかから千吉の勤めている会社のことを聞かされると記憶の隅に留めていたらしい。民助の気持ちがお順には嬉しかった。

「エゲレス語のできる者が集められたということだよ」

おちかはお順の表情を窺いながら続ける。

「そうかも知れない……」

お順はさり気なく応えた。

「呑気なものだ。本当かどうか確かめないのかい？　もしもそうなら、これからどうするんだい」

「さあ、それならそれで仕方がないじゃない」

「…………」

千吉が留学生の一人に選ばれるのは、考えられないことではない。千吉は通詞（通訳）を志していた男だから内心で外国に留学することを希望していたと思う。

生の英語に触れたら千吉の語学力は格段の進歩を遂げるだろう。

だが、そうなったら自分はどうするのだろうと思った。留学というからには最低半年や一年は向こうに滞在することになろう。九月からさらに待たされることが、その時のお順には堪え難かった。

「やっぱりあたし、千ちゃんと縁がなかったってことかしらね」

お順は俯いて独り言のように言った。じわりと涙も湧いた。その涙をおちかに見られたくないために、部屋の隅に置いてあった風呂敷包みの前に行き、おちかに背を向けて結び目を解いた。

「おっ母さんの着物、ろくな物は残っていないけど、叔母さん、供養だから貰(もら)って」

お順は涙の理由をお蔦のせいにした。おちかもしゅんと洟(はな)を啜(すす)った。

「いいのかい？」

風呂敷ごとおちかの前に差し出すと、おちかは念を押すように訊いた。

「ええ、あたしには地味だから」

「それじゃ形見分けということで遠慮なく……」

風呂敷を引き寄せて途端におちかは弾(はず)んだ表情になった。着る物を貰うのは幾つになっても女は嬉しいようだ。おちかは長年、切り詰めた暮らしをして来たので、自分の物など、そうそう買うどころではなかった。

銘仙(めいせん)の袷(あわせ)、縞(しま)の単衣(ひとえ)、普段締める帯の三本ばかり。上等の結城紬(ゆうきつむぎ)、藤色の地に裾(すそ)模様のある訪問着と、それに合わせた緞子(どんす)の帯、ついでに足袋(たび)と帯締めもつけた。

おちかは着物を手にすると、もうそわそわと帰り仕度(じたく)を始めた。

「ここを引き払ったら、またあっちに住むんだろ？」

おちかは風呂敷包みを背中に括(くく)りつけると、そう訊いた。夫と離婚してから、お順は南小田原町の長屋の一つを住まいに借りていた。

「ええ、そのつもりだけど」

「帰ったら知らせておくれな。お菜をたくさん拵えた時は届けるよ」

「ありがとう」

「元気を出すんだよ」

おちかはにッと笑って帰って行った。

おちかが帰って一人になると長い吐息が出た。自分の言った言葉を反芻していた。千吉とは縁がなかったのだろうかと。

夫と暮らしていた頃は月に一度、千吉とこっそり逢っていた。その時は弾む思いで胸がはち切れそうだった。あんなに激しく一人の男に恋焦がれられるものかと思っていた。その時は夫と離婚することなど考えてもいなかった。つかの間の逢瀬がお順の心を掻き立てていたのだろう。

夫がアメリカに帰国する話が持ち上がった時、お順の気持ちははっきりと決まった。夫と一緒には行かない、千吉との暮らしを選ぶのだと。千吉の友人の水野是清から恋愛はゲームではないと諭されたこともある。

確かに千吉とお順は不純な恋愛をしていた。

しかし、その不純な恋愛を正当化するためには安楽な夫との暮らしを捨てなければならないのだ。一年間の待機の期間は自分への罰としてお順は自分に科したのだった。

二

お順は、お蔦の位牌と身の回りの物を持って、初七日から二日後に向島の家を出ると、南小田原町の住まいへ向かった。後の細々（こまごま）した家財道具は運送屋に運ばせることにした。

向島の家は華子の屋敷の代言人に間に入ってもらった。女一人が家を売買するには騙（だま）される恐れがある。顔見知りとなった中年の代言人は親切にあれこれと世話を焼いてくれた。

決まりの手数料は少し高額であったが、その代わり何もしなくてよいのがお順にとって気が楽だった。

向島から舟に乗り、本松町（もとまつちょう）の渡し場で降りると、大川沿いに南へ歩く。そこから長い間暮らしていた築地居留地の瀟洒（しょうしゃ）な建物が見えた。

未練はないと言いながら、お順の気持ちは複雑に揺れる。そこで暮らしていたことが今では夢のように思われた。

清潔で明るい快適な家も、高価なドレスや宝石も、与えられるのを当たり前のように思っていた日々が懐かしい。初めて東京A女学校から給料を支給された時、お順は溜め息が出た。

それは女性が働いて得る給料としては高額であったが、お順のドレス一枚にさえ及ばないものだった。夫の経済力に改めて感心したものである。その夫より一介の勤め人である雨竜千吉を選んだということは、庶民のつましい暮らしをすることでもあった。

千吉は真顔で「しみ真実、惚（ほ）れている」と言ってくれた。それはモディールが英語で愛の言葉を囁（ささや）いたことより、はるかにお順の胸を打った。

それが千吉に傾いた理由だと言ったら世間の人は自分をおめでたい女だと思うだろうか。

だが、世間を気にしていては何も進まない。

いざという時、その世間が何をしてくれるというのだろうか。お順はやり場のない怒りを胸に抱えながら、とぼとぼと日暮れの道を歩いた。

居留地から南飯田町に入る所に明石橋という橋が架かっている。土地の人はこの橋を、さむさ橋と言っていた。その辺りは川風が強いので、人々はそう呼ぶのだろう。

さむさ橋を渡り、南飯田町から上柳原町を抜け、さらに西へ向かった先が南小田原町になる。お順の住まいは表通りの一本裏手にある長屋の一つであった。久しぶりに戻ったお順は隣家の大工の女房に帰宅を告げた。女房は留守の間に届けられていた郵便物をお順に渡してくれた。

築地の東京A女学校からは未払いの給料があるので取りに来るようにとのことである。代言人からは向島の家の売買に揃える書類のことであった。本多華子からは結婚式の招待状だったが、すでに、その日は過ぎていた。結婚の儀は夫となる水野是清の屋敷で行なわれ、披露宴は麴町にできたばかりの華族会館で盛大に開かれたようだ。

水野是清の友人であった千吉は出席しただろうかと、お順はぼんやり思った。大振袖にお色直しをして是清に寄り添う華子の姿が目に見えるようだった。それとも、華子は裾を引き摺る深紅のドレスでも着ただろうか。どちらにしても若い華子にはよく似合ったことだろう。式を挙げたら、すぐに夫婦でイギリスへ留学することになっていたので、もしかしたら、彼等を乗せた船は出航してしまった後かも知れない。せめて港で見送りがしたかったと、お順はいまさら詮のないことを悔やんだ。

華子の招待状に寄り添うように是清の手紙も来ていた。すばらしい達筆で三枝順様とあった。お順は茶の間に上がると、もどかしい思いで封を開け、手紙を読み始めた。

「冠省。

その後いかがお過ごしでございましょうか。お蔭様で小生、本多華子嬢と無事に結婚の儀を済ませることができました。

数々のお心尽くし、感謝の念に堪えません。

この手紙が貴女様に届く頃、我等はバタビヤの海あたりで南十字星を眺めておることでしょう。

人生の幸福をつくづく嚙み締めておる次第にございます。しかしながら、さりながら、小生、気掛かりがございます。それは言わずと知れた貴女様と、我が友人である雨竜千吉君の今後のことです。我等が幸福であればあるほど、貴女様にも何としても幸福を摑んでいただきたいと念ずるあまり、このような駄文をしためる次第にございます。

雨竜君は清国から帰国して間もなく、小生の家を訪ねて下さいました。その折、本多家で起きた初午の日の仔細をお話し致しました。はからずも貴女様との約束を破る結果となりましたが、何卒お許しのほど、小生、伏してお詫び申し上げます。

雨竜君は大層驚かれた様子でありましたが、それによって貴女様に対する愛情に、いかほどの変化もないと小生は感じた次第です。

雨竜君は紛れもなく大人物であります。貴女様は何に臆するところなく、彼の許へ嫁ぐことを希望致します。

我等のイギリス滞在は三年余りに亘ると思われますが、帰国した暁には我等夫婦と雨竜夫人となった貴女様と再会すること、願って止みません。一刻も早く、横浜の日本昆布会社へお出かけ下さり、雨竜君と今後のことを話し合って下さい。ミスター・モディールと貴女様の間に交わされた約束ということもありましょうが、それを破ったところで、もはや裏切りではないと小生は考えます。ミスター・モディールも貴女様の幸福を願わないはずはありません。帰国直前の彼は貴女様がよもやアメリカに同行しないなどとは微塵も考えておらなかったようです。驚きと怒りのあまり、逆上して理不尽な約束をあなたに命じたのです。今の彼は広大なアメリカの地にあり、当時とは全く違う穏やかな気持ちでおることと信じます。

貴女様がなお、承服できぬとおっしゃられるならば、心を込めたお手紙などミスター・モディールに差し上げ、再婚の了解を得ていただきたいと思っております。

余計なことをくどくどと申しました。お許し下さいませ。我等は遠いイギリスから貴女様と雨竜君の幸福を祈っております。

不尽

水野縫殿助是清

三枝　順様」

是清の正式な名が縫殿助是清であることを、お順は初めて知った。

是清の気持ちが胸に滲みた。いわゆる候文ではなく、わかりやすい書き下し文にしたのは自分に対する配慮であろうか。

皆々、自分と千吉が結婚して幸福になることを願っていると思った。その期待がむしろお順には辛く、煩わしかった。

是清の手紙には千吉の留学に触れるものはなかった。是清はまだ知らされていないのか、あるいは千吉が留学生に選ばれなかったのかの、どちらかだろう。お順の正直な気持ちは、もちろん、千吉が今まで通り、横浜の会社にいてほしいということだった。

三

南小田原町に戻ってから、お順は職捜しを始めた。ともかく、生きて行くためには働いてお金を稼がなければならない。

今までは母親のお蔦を扶養する義務があったが、独りになったお順は、どこか気の抜けた気持ちでもいた。一人ならば何を食べてもいいし、極端な話、二、三日食事の仕度をしなくても自分のことだから一向構わない。

二十四歳のお順は独り者の気楽さを張り合いのなさに感じていた。

酷暑の東京を歩き回っても、おいそれと適当な職は見つからなかった。覚悟していたとはいえ、女が仕事に就くのは大変なことであると改めて感じた。

職捜しのために日本橋辺りを一日うろついたお順は夕方になったので自分の住まいに戻ろうとしていた。暑さと疲れで、お順の身体は鉛のように重かった。

銀座通りを西へ向かい尾張町の通りへ入った時、一軒の店の前に人力車が何台も止まっているのに気がついた。そこは間口九尺（約二・七メートル）ばかりの洋酒酒場であった。近頃は女給を置いて洋酒を飲ませる水茶屋まがいの酒場も目につくようになったが、その店は女性を使っておらず、チョッキ姿の小太りの主が一人で店を切り盛りしているようだ。夏のことで、戸を開け放しており、店内の様子が外からもわかった。

客は涼し気な麻の洋服を着た男達ばかりである。人力車で店に駆けつけ、ウィスキーやバーボンを引っ掛けて、さっと帰って行く。

モダンな店だと思った。その店は夫が以前に話してくれたアメリカの酒場の雰囲気に似ていた。

お順が何より足を止めた理由は、その店の名が「函館屋」であったことだった。

ひどく懐かしい気がした。函館は千吉が一年ほど前まで暮らしていた所だった。

ぼんやり店のたたずまいを眺めていると、帰る客を送るために主が外まで出て来た。

小太りの主は年の頃、三十を幾つか過ぎているだろうか。たっぷりした黒髪をきれいに撫でつけている。英語で「オール・バック」という髪型である。主は人力車に乗り込んだ客に「お近い内にまたどうぞ」と、如才ない言葉を掛けた。客が去って、すぐに店の中に入ろうとしたが、傍に立っていたお順にふと気づき、「お待ち合わせでございますか」と訊いた。

「いいえ。ちょっと通り掛かった者です。函館屋さんという名前が珍しいので眺めておりました」

お順は少し気後れした顔で応えた。

「手前は北海道の函館の出身でございます」

主はにこやかな笑顔で言った。

「まあ、そうですか」

「お客様も函館でございますか」

「いいえ、あたしはこちらの人間です。知り合いが函館で仕事をしていたものですから、町の名を覚えておりましたの」

「それはそれは……手前は御一新（ごいっしん）前に東京に出て参りまして貿易の会社に勤めておりましたが、その頃から洋酒が好きでしてね、好きが高じて、こんな店まで出してしまいました」

主は冗談混じりに店の経緯（いきさつ）を語った。

「もうお店は長いのですか」

「そうですね、そろそろ六年になりますか。始めた時は客もさっぱりでしたが、この頃はお蔭様で少し繁昌（はんじょう）するようになりました」

「ようございましたね」

「いかがですか？　店に入って一杯飲んでいらしては」

「でも、このお店は殿方専門のようで……」

「そんなことはありません。お一人で都合が悪いようでしたら、手前の親類ということにしておきましょう」

「それでは少しお邪魔しようかしら」

主の人柄に魅（ひ）かれて、お順はその気になった。

「どうぞ、どうぞ」

主は嬉しそうにお順を中へ促した。

カウンターが細長く店の奥まで続いている。

男達が腰掛けてにこやかに談笑しながらグラスを傾けている。カウンターの中に設えてある棚には、きれいな色の洋酒の瓶がびっしりと並んでいた。

お順は入り口の近くの椅子に腰を下ろした。

隣りにはアメリカ人らしい二人の若い男が座っていた。その二人はお順を興味深い眼で眺めた。

「ご注文は？」

主はお順に訊いた。

「それではバーボンを」

「かしこまりました」

バーボンは夫のクラーク・モディールが好んで飲んでいたものである。とうもろこし、ライ麦、大麦麦芽などが原料で、内側を厚く焦がした樽に入れて貯蔵し、熟成させる。別名ケンタッキー・ウィスキーとも呼ぶ。バーボンはウィスキーよりも野趣あふれた味わいがある。お順は洋酒が特に好きという訳ではないが、その日は夫を懐かしむ気持ちでバーボンが飲みたかった。

厚手のグラスに入った一オンス（約二八グラム）のバーボンは琥珀色がきれいだった。ひと口飲むと、喉に焼けるような熱さを感じたが、その時のお順には恰好の刺激だった。

男達の話し声が聞こえる。七月の初めに三宅島で火山が噴火し、民家の半分近くが灰砂に埋まったという。そういえば、七月の初めに東京でも地震が頻繁に起きていたと思う。

地震の原因は火山の噴火であったのかと合点がいった。黙々と灰砂の除去をする人々の姿がお順の脳裏に浮かんだ。何年か後に再び噴火が起きても、やはり島の人々は黙々と後片付けをするのだろう。どうしてそんな所に住むのかと野暮は言えない。島の人々は何より島を愛しているからに外ならない。だから愛想尽かしはしないのだ。自分も三宅島の人々のように暮らしの立て直しに努力しようと改めて思った。

健気な決心をしたお順であったが、突然、隣りに座っていたアメリカ人の言葉に冷水を浴びせられたような気持ちになった。

「ゲイシャ・ガール、オアア、ムスメ・ガール？」

お順にとも、連れの男にともなく訊いている。外国人の間では遊女のことをムスメ・ガールと呼んでいた。彼等は、芸者か遊女かと、お順の素性を詮索していた。主は向こうの客の接待をして傍にはいなかった。お順はその言葉に聞こえない振りをした。

若いアメリカ人である。栗色の髪に鳶色の眼が好色そうに光っている。少し酔っていたのかも知れない。おおかた、日本に招聘されたお雇い外国人だろう。

「ヘイ、ユー。ゲイシャ・ガール、オア、ムスメ・ガール？」

黙っているお順に今度はあからさまに訊いて来た。お順はむっと腹が立った。洋装の女性は増えて来たといっても、それを着用する女性は相変わらず限られていた。昨年、吉原の芸者が洋装をして違式詿違条例違反で警察から注意を受けている。違式詿違条例は明治になってから新しくできた法律であった。

職業にふさわしい恰好をするようにとのことらしい。それでも横浜の外人相手の遊女屋では洋装をする遊女達が多くなっているようだ。

アメリカ人の男は洋装のお順をその類の女と思っているのだ。怒りとともに恥ずかしさで顔がほてった。

「アイ、ベグユア、パードン？」

何を言っているのかとお順はアメリカ人の男に切り返した。お順が英語を話したことで、その男は驚いた顔をした。しかし、無遠慮にお順の手を触った。お順をますます外人相手の女だと思ったらしい。お順は邪険にその手を払い、あなたはアメリカでも初対面の女性に、そのような馴れ馴れしい態度を取るのかと詰った。

時と場合による、とその男はしゃらりと言ってのけた。函館屋の主が慌てて傍にやって来ると「どうしました」と心配そうに訊ねた。

「この方達、あたしのことを勘違いなさっているようなの。あたしがお酒を飲みに来ただけじゃなくて何か別の目的があると思っていらっしゃるようですよ」

主は眉をひそめ、柔らかく男を制した。主は流暢な英語を喋った。

「オゥ」と、アメリカ人の男は大袈裟な声で嘆息した。

「お客様、失礼致しました。何しろ、この方達は日本に来て間もないので、そこんところがよくわかっていないようなので……」

主はすまなそうな顔でお順に謝った。

「日本の女は誰でもアメリカ人の言うことを聞くと思っているのかしら」

「まあ、そんなところでしょう。ご気分を損ねたことは手前からもお詫び致しまお順は主にさり気なく応えた。

す」

「いいえ、そんな……アメリカ人といっても紳士ばかりじゃないのは承知しておりますよ。気になさらないで」

お順は主にさり気なく応えた。

「英語が堪能でいらっしゃるようですが」

主は感心した顔になってお順に言った。

「父が通詞をしておりましたの。それで自然に覚えました」

「なるほど」

主は合点のいった顔で肯（うなず）いた。アメリカ人の夫を持っていたとは言えなかった。

グラスの中身を飲み干すと、お順は手提（さ）げを探って紙入れを取り出した。

「本日のお代は結構でございます」

主は鷹揚（おうよう）に応えた。

「でも、それではご商売になりませんよ」

「いいえ、お誘いしたのは手前のほうですから、本日はほんのお近づきのしるしに……」

「ありがとうございます」

「これに懲（こ）りずにまた、お出かけ下さいまし」

主は笑顔でお順に言った。

「ええ、また寄せていただきます」

「この次はご主人様とでも」

「……ええ。主人と一緒に参りますよ。それなら礼儀知らずのアメリカ人にからかわれることもないでしょうし」

「おっしゃる通りです。どうぞ、お気をつけて」

主は深々とお順に頭を下げた。

函館屋に寄ったことで、お順の気持ちは少し晴れていた。夏の夜は提灯（ちょうちん）に代わり、無尽灯（むじんとう）（ランプの前身のようなもの）を下げて歩く人が多くなった。どこからか景気のよいうた声が聞こえる。

一つとせ、光りかがやく瓦斯灯（ガス）の、その灯り東京一面照らします
二つとせ、普請は西洋煉瓦石畳、上げ二階造りや三階や
三つとせ、三筋に渡せる日本橋、賑うて蝙蝠傘（こうもりがさ）もゆきかよい

四つとせ、夜、昼絶えぬは人力車、通り町道も平の御世なれや
五つとせ、いつも変わらず五丁町、賑やかなおいらん芸者も楽勤め
六つとせ、昔に変わりし筋違いの眼鏡橋、見事に巷も花声に
七つとせ、長崎函館掛け渡す電信機、遠の話も居ながらに
八つとせ、矢を射る如くに陸蒸気、速やかに横浜通いも一寸の間
九つとせ、刻限違わぬ郵便のはるばると、海山隔てて便りやよ
十とせ、当時は英仏丁、マルカ独逸でも丸く付き合う御世豊か

巷で流行の「東京繁栄毬唄」であった。昔からある手毬唄の節に東京の町の変化を当てはめているのだ。芸者衆の練れた声に客は手拍子で応じていた。ふと顔を上げると、通りに面している料亭の二階から、その賑やかなうた声が流れていた。

御一新から僅か五、六年で手毬唄の十にも数えられるめまぐるしい変化があったのかとお順はしみじみ思う。

変化は町の様子だけに限らなかった。女性の地位を向上させようという動きも感じられる。夫に隷属するだけの妻の立場を慮ったものであろう。それは豊

富な留学体験を持つ森有礼が福沢諭吉や西周等とともに「明六社」と名づけた団体を興したことから始まった。簡単に言えば封建思想を排除して近代思想を日本に取り込もうという試みの一端であった。

お順は夫からレディ・ファーストが欧米諸国の礼儀であると教えられていたが、何やら面映い気持ちでもいた。

森有礼の言わんとするところは理解できるが、それにしては明治六年（一八七三）に興した団体であるから明六社とは滑稽である。

森はその団体の機関誌である『明六雑誌』に「妻妾論」なる論文を載せ、契約結婚の提唱をしている。

契約結婚とは期間を定めた結婚ということではなく、結婚する時に、お互いに相思相愛の精神で結婚生活に入るのを皆の前で宣誓することだった。

考えてみたら当たり前のことを言っているのだが、これまでの日本の女性は夫から三行半の離縁状を突きつけられると、否も応もなく実家に帰されたものだった。その理不尽を払拭する意味があったのだろう。

近々、その契約結婚の第一号のカップルが誕生する噂もあった。夫に人前で愛を誓わせる幸福な妻はいったい誰だろうと、お順はぼんやり考えた。自分……

と呟(つぶや)いて、お順は喉の奥で低く笑った。

八月の東京は、まだまだうだる暑さが続く。

早く九月になれ、お順は胸で独りごちた。

四

半月余り東京中を歩いても、呆(あき)れるほど仕事はなかった。時々、日本橋のおちかの家に寄ることもあったが、自然にお順の口調は愚痴(ぐち)になった。

おちかは無理もないと言った。お順は娘時代、ろくに習い事もしなかったから、こんな時、身を助ける芸もないのだと。

お蔦は世間並の母親として生け花を習え、茶の湯を覚えろ、三味線(しゃみせん)の一つも弾(ひ)けるようにしろとお順に言っていたが、そのどれにも興味が持てなかった。

父親の平兵衛が、嫌やなら無理にやらなくともよいと言ってくれたので、お順はその言葉に甘えて何もしなかった。

門前の小僧、何んとやらで英語やフランス語は少し理解できたが、後は家の商売である唐物(からもの)屋の店番をしながら、日がな一日、馬琴(ばきん)の『八犬伝(はっけんでん)』などを読んでいただけである。

この年になって、そのつけが廻って来たようだ。

民助は「姉さんはエゲレス語を喋るんだから、日本の生け花とか茶の湯の心得があれば外人に教えることもできるというものだよ。そのほうが実入りのいい商売だと思うけどね。なに、外人相手ならさほどの修業も要らないじゃないか。くそおもしろくもない仕事よりも張り合いがあるよ」とお順に言った。

「民ちゃん、それグッド・アイディアかも知れない」

お順は掌を打って、はしゃいだ声を上げた。

「向島の家を売った金があるんなら、当分、喰うには困らないだろ？　この際、生け花や茶の湯の修業を積むのもいいことだよ。後できっと役に立つ。まあ、日本文化の向上にひと役かうつもりでさ」

民助は巡査の仕事の時とは違うにこやかな笑顔で言い添えた。

「考えてみるわ」

お順がそう応えると、おちかは「この子は……」と呆れた顔をした。

「あたしの言うことはちっとも聞かないくせに民助の言うことには素直に従うんだから」

「叔母さん、焼かない焼かない。あたし、昔から民ちゃんには弱いのよ」

お順は悪戯っぽい顔で言った。

「おれ、姉さんが倖せじゃないのは嫌やなんだよ。いつもきれいにして、にこにこ笑っていてほしいんだよ」

民助の言葉がお順の胸にこたえた。

「ありがとう、民ちゃん」

お順は少し眼を潤ませて民助に頭を下げた。

「姉さんの旦那と一緒に酒が飲みたいよ。姉さん、早くしてくれよな」

民助はお順の顔から視線を逸らして冗談混じりに言った。その声がやけに大きかった。

五

南小田原町の住まいの戸に千吉からの書き付けが挟まっていたのは、それから間もなくのことだった。千吉は是清からお順の居所を聞いたらしい。

「連絡乞う　千吉」の、短い書き付けであった。

千吉がここへ来たのだと思った。お順は民助の助言通り、それから近くの師匠の所で茶の湯と生け花の修業を始めた。日中はほとんど留守にしていることが多い。千吉が訪ねて来たのもお順が家を空(あ)けている時だったようだ。

もしも家にいて千吉と再会したなら、自分はどんな顔をしただろうかと思った。その想像ができなかった。黙って胸に縋(すが)りつくのかも知れないし、泣きの涙でKissの雨か……。

長い長い八月が終わり、夫との約束の期日が間近に迫っていた。

千吉が自分を待っていてくれたことが舞い上がりたいほどに嬉しかった。お順は書き付けの紙を胸に押し当てた。まるで千吉をそうするように。

お順は部屋の隅に置いてあった鏡台の前に進んで、そっと覆(おお)いを引き上げた。この頃は洋装ではなく、着物でいることが多かった。

頭はそれでも束髪(そくはつ)のままである。鏡台の鏡は角度によってお順の顔をひしゃげた表情に見せる。涙にくれたお順の顔は狐(きつね)のように細く歪(ゆが)んでいた。それでいて唇に差した紅は鮮明過ぎるほど赤かった。

九月の八日。お順は茶の湯の稽古(けいこ)を終えた後に築地居留地の東京A女学校へ向かった。未払いの給料を取りに来てほしいと、また催促(さいそく)が来ていたからである。スプーンメーカー夫人と顔を合わせるのが嫌やだったし、未払いの給料といっても僅かな額である。そのままうっちゃって置いても構わないと考えていたが、向こうはきっちりとけりをつけたいらしかった。お順も夫との約束を果たしたことで、ようやく女学校にも出かける気持ちになっていた。

スプーンメーカー夫人は着物姿のお順に感歎の声を上げた。秋の草花をあしらった紅花(べにばな)色の絽(ろ)であった。それにひわだ色の帯を締めていた。今は何をしているのかと問われて生け花と茶の湯の稽古をしていると答えた。

夫人はお金の入った封筒をお順の前に差し出し「ところで……」と口を開いた。

いつも慈愛深い眼で生徒達を眺め、柔らかい笑顔を絶やさない女性である。日本人と同じ漆黒(しっこく)の髪を持っているが、年齢のせいで白髪が僅かに混じるようになった。しかし、顔には小皺(こじわ)一つもない。夫人は少し気後れした表情を浮かべ、また女学校の手伝いをしてもらえないかと言った。

怪訝(けげん)な眼になったお順は、生徒達への影響を考えて退職しろと言ったのは、あなたではないかと、やや詰る口調になった。

夫人は、あの時は驚きと怒りで思わずそう言ってしまって後悔していると応えた。

夫人の思惑は読めていた。近頃は生徒の数も増え、それに伴う教師の数が足りなくなっている。英語の話せるお順は女学校では必要な存在であると改めて思ったのだろう。

夫人は、お順が生け花と茶の湯の稽古をしているのなら、その内にパーティで外国人達にも披露して日本文化のすばらしさを教えてほしいと言い添えた。

お順はよほど承諾しようかと思ったが、やはり「ノー」と応えた。二月に自分へ退職を勧告した夫人の冷たい表情を忘れることができなかった。せめて、ほとぼりが冷めるまで自宅で謹慎しろということだったら素直に従ったのだが。

お順の言葉に夫人の笑顔は唐突に消えた。

取りつく島のない態度で応接室のソファから立ち上がると「グッバイ」と、おざなりに握手を求め、そのまま焦げ茶色のドレスの裾を翻して廊下へ出て行った。

結局は、その場その場の気分で、もの事を判断する人だったのかと、お順は寂しい気持ちがした。

東京A女学校の校門を出た時、お順はそっと校舎を振り返った。もう二度とそこを訪れる機会はないだろうと思った。なぜか女学生達の笑い声が思い出された。短い期間ではあったが、それなりに楽しかったと思う。

これからは……お順は踵を返すと胸の中で呟いた。新しい自分になるのだと。今日からは身も心も晴れて自由のお順であった。


いつものように南飯田町の前のさむさ橋を渡ろうとした時だった。茜色の夕陽が射してお順は眩しそうに眼を細めた。お順の向かい側から歩いて来る男の顔も夕陽に染まって赤く見えた。つんと胸が堅くなった。

男はそのまま立ち止まってこちらを見ている。お順はまだ確認できずに恐る恐る近づいていた。

「千ちゃん……」

自分の声が掠れた。ズボンのポケットから片手を出した千吉が長い吐息をついたのがわかった。千吉は日暮れの迫った空を見上げた。瘧のようなものがお順の背中をざわざわと粟立たせた。お順はその場に棒立ちになったままだった。千吉はそんなお順に、また吐息をついた。

「毎日留守にして、どこを放っつき歩いていたんだい」

「ちょっと、用事で出かけていたの……」

お順はようやく応えた。

「仕方ないから書き付けを入れて置いたが、読んでくれたかい」

「ええ……」

「あれから何度も訪ねてみたんだぜ」

「夜はいたわ」

「夜はいたと言っても、おれは会社があるから、そうそう横浜から出て来られないじゃないか。それに本当に夜に君がいるのかもわからないし……」

「………」

「おれのことなんざ、忘れちまったのかと思っていたよ」

千吉は黙っているお順に、わざと蓮っ葉な言い方をした。

何も言えない……何も。お順は千吉の顔を黙って見つめていた。胸に縋りつくか、Kiss の雨を降らせるかと想像していたが、そのどちらでもなかった。

「もう九月だぜ。お順、まだ待たせるのかい」

千吉は訳知り顔で続けた。千吉は自分の胸の内を知っていたのだろう。モディールとの約束をともかく守ろうとした自分を。お順は首を振ったが、喉に塊ができたように苦しかった。

「ここはやけに風のある所だ。夏場はいいけれど冬は凍えてしまうよ」

千吉はお順から眼を逸らし、欄干に手を置いて独り言のように言う。

ようやく笑ったお順に、千吉はゆっくりと振り返り「着物姿でいるとは知らなかった。最初、人違いかと思ったよ」と上から下までしみじみ眺める。さむさ橋の下を流れる堀の水音が、さらさらと耳についた。

「似合わない？　やっぱり洋服のほうがいい？」

お順は心細いような気持ちで訊いた。久しぶりに会う自分に千吉は失望したのかと不安になる。

「どちらも似合うよ」

「…………」

「お順の隣りの家のおかみさんが女学校へ行ったと教えてくれたんで、こちらに来てみたんだ」

「そう……」

「どちら様ですかと訊いたから、亭主ですと答えたよ……あ、まずいな。まだ亭主じゃないか……」

「おりきさん、驚いていたでしょう」

隣家の女房の顔が目に見えるようだった。

千吉は相変わらず人を喰った言い方をすると思った。

「ああ。鳩が豆鉄砲喰らったような顔をしていたよ」

千吉は悪戯っぽい顔で笑った。

「悪い人……」

「悪いのはどっちだい？　勝手に雲隠れしちまって、おれは大層悩んだよ。殿様が教えてくれなかったらどうなったことやら……」

「どうなったの？」

お順も小意地悪く追及した。千吉の麻の洋服は少し皺が目立ったが、むしろそれがこなれた感じに見える。千吉には洋服が違和感のないものになっていた。顔が少し細くなったような気もした。

「このまま永久に離れ離れになったかも知れないんだぜ」

「………」

「おれさ、アメリカへ行くんだ」

民助の言っていたことは当たっていたようだ。やはり千吉は留学生に選ばれたらしい。

「留学するのね、おめでとうございます」

お順は律儀に頭を下げた。

「まだおめでとうじゃないよ。君とのことをはっきりさせないことには」

「あたしはどうすればいいの？」

「おれが戻るまで叔父さんの会社に勤めてくれ。会社じゃ英語を話せる人間がいないんだよ。君が手伝ってくれるなら会社は大助かりだ。叔父さんもそう言っているし……」

「承知、承知」

お順は、すぐさまおどけた調子で応えた。

千吉はお順の額（ひたい）を指で突いた。

「これから横浜に行ってくれるかい？　叔父さんとも話をしてもらいたいし」

「ええ……でもその前に」

「何んだい」

「乾杯しましょう？　いいお店を知っているのよ」

「酒場通いをしていたのかい」

千吉は驚いたように訊く。

「ううん、この間、初めて行ったばかりのお店よ。でも、次は主人と一緒に行くと約束したのよ」

「その主人はおれになるのかい」

「他に誰がいて？」

お順は千吉の腕をつっと引いて函館屋への道を促した。千吉の腕はお順の肩に回され、ついで、ぐっと引き寄せられた。お順の胸にきゅんと痛みが走った。幸福な痛みだった。


「やあ、函館屋か……」

尾張町の店の前に来て千吉は訳知り顔で呟いた。お順は少し気落ちした。函館屋に案内したら大層喜んでくれるものと期待していたからである。

「知っていたの」

「ああ、何度か客を連れて来たことがあるよ。洋酒酒場として有名な店だ。お順はさすが唐物屋の娘だね、気が利いた店を知っている」

妙な褒められ方をされた。千吉は先に店の中に入って行くとカウンターの中の主に「兄さん、しばらく」と気軽な挨拶をした。何度か来たことがあるどころか、すっかり常連という態であった。後から続いたお順に主はきゅっと眉を上げた。

「お連れ様でございますか」

主は二人を交互に眺めながら訊いた。

「そ、これは女房」

「…………」

不意を喰らったような表情になったが、主は如才なく二人に椅子を勧めた。

「ご注文は？」

「そうだな、葡萄酒でももらおうか」

「奥様は？」

「あたしも同じものを」

バーボンにしないのかと主は余計なことは訊ねなかった。お順は主に見つめられて顔が赤くなるのをどうすることもできなかった。

主が葡萄酒の用意をしている間、千吉はお順の顔を笑いを堪えるような顔で眺めた。

「あたしの顔がおかしいの？」

「いや……嬉しいだけさ」

「………」

「間に合ってよかったよ」

アメリカへ出航する前にお順と再会したことにほっとしているようだ。

「あちらへはいつ？」

「九月の十五日だよ」

「………」

もうすぐだと思った。

「水野さんに留学のことは知らせた？」

「ああ。大層喜んでくれたよ」

「そう……水野さんからあたしの住所を聞いたのね？」

「殿様は最初、渋っていたのさ。君と約束したと言ってね。でも、おれが心底弱った顔をしていたら華子さんから聞いてくれたよ」

「結婚式はどうだった？」

お順は気になる華子の様子を知りたかった。

「近年、まれに見る豪華なものだった。二人はまるで雛人形のように可愛らしかったよ」

「お祝いも言えなかった……」

お順は俯いて低い声で言った。

「戻って来たら改めて言えばいいよ」

千吉は意に介するふうもなく応える。

二人の前にグラスが出され、蘇芳のような色をした葡萄酒が注がれた。二人はグラスをカチリと合わせて葡萄酒を口に運んだ。外国人のするところの乾杯である。

「アメリカにはどのくらいの間いるの」

「一年だよ」

「そうね、最低一年ほど滞在しないと英語はものにできないわね」

「ものわかりがいいじゃないか」

「正直なことを言っているのよ。ひと月やふた月じゃ物見遊山に過ぎないもの」

お順はグラスを両手で暖めるようにしながら言った。

「寂しい思いをさせるけど我慢できるかい？」

「あたし、千ちゃんを一年も待たせてしまったんですもの、そのお返しに待たされるのは仕方がないわ」

「おあいこかい？」

「ええ」

積もる話はたくさんあったはずなのに、お順は、まだ何も言えなかった。

「せいぜい、船が出るまでの間は楽しもうぜ」

千吉はやや好色そうな眼でお順に笑った。

グラスが空（から）になると千吉は勘定をした。これから横浜に行くので長居はできなかった。

椅子から腰を上げた時、先日、函館屋で会った二人のアメリカ人が店に入って来た。

「ハウ、アーユー」

男達はお順の顔を覚えていて気軽な口を利いた。

「ファイン、サンキュー。アンドユー？」

「ファイン、トゥー。フーイズヒー」

栗色の頭をした鳶色の眼の男は千吉のことを訊ねた。もう一人のほうが金髪で海の色のような眼をしていたことにその時、気づいた。

相棒の人相などとっくに忘れていた。ただ無礼を働いた男だけは、しっかりと覚えていた。

「マイ、ハズバンド」

お順は高飛車な物言いで応えた。男は両手を拡げる仕種(しぐさ)をして小首を傾(かし)げて見せた。本当に夫なのかと訝(いぶか)る表情だった。

「ダーリン、ヒーイズ……」

お順は千吉に呼び掛けた。彼等の名前は聞いていなかったので紹介する言葉が途切れた。

男は名乗る様子を見せなかった。黙ってお順をにやにや笑いながら眺めているだけだった。お順はその小馬鹿にしたような態度に腹が立った。お順は開き直って、千吉に、こいつ等はアメリカの豚野郎だと口汚く罵(ののし)り、そのまま店の外に出た。後に残された千吉は取り繕うように、妻は酔っているので失礼をお許し下さいなどと男達に謝っていた。

「呆れたものだ」

千吉はステンショに向かいながら不愉快そうに吐き捨てた。

「だって、あの男。この間、あたしにゲイシャ・ガールかムスメ・ガールかなんて訊いたのよ」

「それにしても……」

「函館屋のご主人、怒っていなかった？」

お順ははっと気がついたように訊いた。

「笑いを堪えるような顔をしていた。内心じゃいい気味と思っていたらしいが、おれは肝（きも）が冷えたよ。あいつ等は顔見知りじゃないが、お雇い外国人なら、その内、うちの会社とも繋（つな）がりが出て来ようというものだ」

「ごめんなさい……」

お順は殊勝（しゅしょう）に謝った。

「まあ、口から出てしまったものは仕方がない。今度顔を合わせることがあったら丁重に謝ることだ」

「………」

「お順、返事は？」

千吉は少し厳しい口調で言った。お順は仕方なく肯いた。陸蒸気が動き出しても千吉は不快そうに、しばらく黙ったままだった。

一年ぶりに会った途端にこのあり様である。

お順はつくづく自分の性格を呪わずにはいられなかった。


千吉の叔父である加島万之助と三人で中国料理の店で食事をしながら今後のことを話し合った。

お順は千吉がアメリカから戻るまで千吉が今まで住んでいた家から会社に通うことになった。

加島万之助は、これからの会社の事業について熱っぽく語った。そのために千吉の妻としてお順の力も必要であると強く言い添えた。

少しのぼせ性（しょう）の男らしい。ビア酒に顔を赤くしながら、かいがいしくお順の皿に料理を取り分けてくれた。

食事を終えると万之助はまだ用事があると言って店の前から去って行った。

「叔父さん、お忙しそうね」

お順は千吉の住まいに足を向けながら言った。

「なあに、横浜の遊女屋に馴染(なじ)みができたのさ」

「…………」

「この頃は横浜に外国人御用達(ごようたし)の遊女屋が増えてさ、叔父さんは客を接待するつもりで案内している内、木乃伊(みいら)取りが木乃伊になったんだよ」

「ネクタリン・ハウスね」

お順は訳知り顔で呟いた。居留地の外国人が日本の遊女屋をそう呼んでいたのを覚えていた。甘美な家という意味で。

「そうそう」

千吉は相槌(あいづち)を打った。

「千ちゃんもそう？　お客様を案内したついでにおこぼれにあずかるとか……」

お順は言葉に窮した千吉の腕に自分の腕を絡めて悪戯っぽい表情で訊いた。

「おれはお順ひとすじさ」

千吉は空咳(からぜき)をして応える。

「嘘ばかり」

お順はきゅっと千吉を睨(にら)んだ。その途端、千吉の唇は、お順の唇を塞(ふさ)いだ。それ以上、余計なことを喋らせないためか、それとも我慢しきれずにしたことか。

唇を離す刹那、東の空に見事な月が昇っていることに気がついた。そのせいか、夜道が月光で青く染まってもいた。

「もう、どこへも行かないでくれよ」

千吉は心細い声で念を押す。

「ええ……」

「おれ、アメリカに行くんだぜ」

酒の酔いも手伝って千吉は少し大声で得意そうに叫んだ。

「すごいわ、千ちゃん。夢が叶って」

「戻って来たら、お順のように外国人に喧嘩の一つも吹っ掛けられるというものだ」

「…………」

「函館屋じゃ鮮やかなもんだった」

「千ちゃんはそういうことをする人じゃないわ」

お順は牽制するように慌てて言った。

「……ああ、そうだな。多分、おれにはできない。結局は徳川のしもべの血を引くせいで、上の者には、ご無理ごもっともと、へいこら、おべんちゃらを言う人間さ」

「自棄になってる」

「いや、本心さ。だが、その内、何んでも歯に衣を着せずにものを言える時代が来ようというものだ」

「本当？　本当にそう？」

「ああ」

千吉はお順の肩を引き寄せて幸福そうに眼を細めた。

「アメリカから戻って来たら通詞になるの？」

お順は千吉の顔を上眼遣いで見つめながら訊いた。千吉の足が止まり「そうしてほしいかい」と、逆に訊き返した。

「ううん、どっちでも構わない。もう千ちゃん、会社では半分通詞のような仕事をしているじゃないの。叔父さんの会社はこれからどんどん外国との取り引きをすると思うから、言葉だけを商売にするより、それを生かして、もっと大きな仕事をするほうが魅力的なことだと思うわ」

「おお」

千吉は大袈裟に感歎の声を上げた。

どこからか賑やかなうた声が響いて来た。

ざわめくようなその声は料理茶屋が軒（のき）を連ねる通りに近づくにつれ、明瞭（めいりょう）に聞こえるようになった。「東京繁栄毬唄」だった。

千吉は鼻唄で、その節に合わせた。お順はくすりと笑った。

その内、千吉は「おれの親父はさっぱり芸のない男だが、一度だけ友達としたたか飲んだ時に、家に帰って来てから踊りを踊ったんだ」と、言った。

「へえ、どんな」

お順は興味深い顔になった。

「座蒲団（ざぶとん）を置いてさ、そこから出ないようにして踊るんだ。座蒲団から出ないことが、まるで得意みたいな顔をしてさ。ほれ、こんなふうに……」

千吉はその場でいきなり踊り始めた。料理茶屋から聞こえる毬唄に合わせて。通り過ぎる人はおもしろそうに笑っていた。

「ちょっと、やめてよ、千ちゃん」

お順は恥ずかしそうに止めたが、千吉はやめるどころか、ますます熱が入ったように続ける。途中で合いの手を入れるように、どんと足踏みをした。そんな千吉を初めて見ると思った。

お順は自分も喉の奥から漣のような笑い声を洩らした。笑い声はとどまることを知らないように、いつまでも続いた。笑いながらお順は涙が湧いた。この一夜を永遠に忘れまい。

お順は踊り続ける千吉を見ながら、そう胸で呟くのだった。

六

いつも洋服を着て仕事をしていた千吉であったが、アメリカに滞在している間は紋付・袴で通したという。それはアメリカ人に日本人の気概を伝える千吉流の意思の表れであったのだろう。それをアメリカ人が、どう取ったのかは世人の知るところではない。

明治の初めは服装一つを取り上げても滑稽な試行錯誤があった。たとえば明治四年（一八七一）に断髪勝手の触れが出され、ざんぎり頭が奨励されたものの、それから二十年を経た後でも、未だ丁髷を後生大事にする者は多かった。剣客の榊原鍵吉、名行司の木村庄之助、鉱山王の古河市兵衛、代議士の芳野世経等である。

芳野は羽織袴の時は相応に立派に見えたが、時に、背広やフロック・コートを纏（まと）うこともあったので、その恰好が議会で大いに評判になったという。

千吉とお順が横浜の寫眞（しゃしん）館で撮影した寫眞もすこぶる奇妙なものだった。お順は裾の長いサテンのドレスに共布で拵えた帽子、それに白いパラソルを手にしていた。

一方、千吉は紋付・袴に蝙蝠（こうもり）傘を持っているという態。後年、二人の子孫は、そのちぐはぐさに腹を抱えて笑った。

千吉の叔父である加島万之助は明治二十二年（一八八九）に日本紡績会社を新たに興し、以後、対清貿易を中心に活動した。大正期には台湾（たいわん）の高雄（たかお）に製材会社も設立した。万之助の傍には常に千吉が寄り添い、陰になり日向（ひなた）になりながら万之助を補佐していた。

洋酒酒場函館屋は千吉とお順の馴染みの店になった。明治三十年頃の函館屋は間口三間の店になった。スタンド式は相変わらずで、また、上等の洋酒を置いていることにも変わりはなかった。変わったのは、もともと小太りの主が六十を過ぎるとでっぷりと太ったことだろう。黒いチョッキをワイシャツの上に窮屈そうに着て、狭いカウンターの中で動き回っていた。

千吉はその店でウィスキーや葡萄酒を飲みながら、かつて暮らしていた函館の人々との思い出につかの間、浸(ひた)った。お順のほうはアメリカ人の夫のことなどとうに忘れ、函館屋の主と世間話に花を咲かせるのがもっぱらだった。

お順と千吉の間には八人の子が生まれている。その内、男子は四人で、長男は万之助の会社に入り、後に取締役に就任する。次男は外交官、三男は大学の英語の教授、勘当した四男は妓楼(ぎろう)の主となった。

千吉は終生、子供達には英語の大切さを説(と)いていた。子供達はそのせいで当時としては、かなり堪能な英語を喋った。

日本における英語の達人はジョン万次郎を筆頭に新渡戸稲造(にとべいなぞう)、岡倉天心(おかくらてんしん)、斎藤秀三郎(さいとうひでさぶろう)等が挙げられる。黄熱病の研究者として有名な野口英世(のぐちひでよ)なども大層、英語が堪能であったそうだ。彼等は必ずしも外国に長く暮らしていた人間ばかりとは限らない。言葉を通して外国人と意思の疎通を図(はか)りたいために闇雲に英語を学んだと思われる。もちろん、千吉もその中の一人であった。

しかしながら、その当時から茫々(ぼうぼう)と時を隔(へだ)てているものの、今日の日本人の英語能力のお粗末さは目を覆うばかりである。

千吉がそれを草葉の陰でどのように嘆息しているかは想像に難くない。

明治の初めに、やや流暢に英語を喋る一組の夫婦がいた。雨竜千吉と、その妻お順。

当時、この夫婦のことは華族の間でも大層な評判になっていたようだ。

そんな千吉とお順は、さぞかし洋風の暮らしをしただろうと思いきや、お順は生涯、肉を口にすることはなかったし、千吉は牛乳以外の乳製品が苦手であった。

花見の時季になると二人は向島に繰り出し、お順は長命寺の桜餅、千吉は茶碗で冷や酒を飲みながら、なかよく語り合っていたという。

その時の二人の会話に英語が遣われることはまれであった。

文庫のためのあとがき

宇江佐　真理

「おぅねぇすてぃ」は私の作品の中では珍しく明治を時代背景としている。しかも主人公は英語の通訳をめざしている青年である。

明治は江戸時代に比べて現代に近いのに、さっぱり訳がわからない。おまけに英語は得意でもない。どうしてこのような作品を書いたのかと言えば、まあ、ふとした思いつき、気まぐれであろう。

最近はテレビに登場する外国人達が流暢（りゅうちょう）に日本語を操っている。下手（へた）な駄洒落（だじゃれ）まで入れて手に負えない。それに比べて日本人はどうか。

一部の人間を除いて、英語が苦手（にがて）な者は相変わらず多い。おかしな話だ。中学校、高校、大学までの十年近くも英語の勉強に費（つい）やしたはずなのに、ろくに日常会話さえできない。

私もご多分に洩（も）れない。恐らく、その原因は日常会話の英語と受験英語に甚（はなは）だしい差があるためだろう。最近は日常会話に重点を置いた英語教育をしている学校が増えたと聞いている。喜ばしい傾向である。

日本人が英語を苦手とする原因は幕末にあると思う。幕府はオランダ語を公用語として武士の子弟に奨励した。オランダは鎖国体制の日本にあって、唯一、交易をしていた国であったからだ。大型の蒸気艦もオランダの指導によって建造された。

勝海舟、榎本武揚などがオランダ語に堪能だったことは広く知られていることだ。

当時の志ある若者は本当によく勉強した。

だが、開港とともに英語の必要性がでてきた。アメリカ、イギリスは英語圏の国だ。そこに来て、オランダの旗色は芳しくなくなる。

いよいよ英語だった。

私の住む函館は開港と同時に西洋の文化が割合早く入り込んだ土地である。英語にめざめる人間もよそより多かっただろう。

福士成豊、幼名卯之吉もその一人だった。

成豊は船大工を父に持つ、生粋の函館っ子である。父の続豊治は洋形帆船箱館丸を建造した人物として函館では有名だった。

成豊は父を手伝っていたが、マストに帆を張る段階で壁に突き当たる。どうにも勝手がわからなかったのだ。その時、たまたま豊治の造船所にイギリスの水夫（かこ）達が見学に来ていた。

彼等は船が難破して、本国へ帰る船を待っていたところだった。成豊は身振り手振りで帆の張り方を訊いた。成豊の手にはノートがあった。成豊はイギリスの水夫から得たことを、そのノートに書いた。それがうまく行って、箱館丸は無事進水式を迎えたのである。

この一件は小説にも書いた。

それが成豊と英語の出会いである。むろん、当時の成豊には辞書などあるはずもない。ノートに拙（つたな）い絵を描き、それをイギリス人に見せ、英語に訳すという手間の掛かる作業を行なった。

成豊は後に箱館府二等訳官として、様々な任務に当たったという。

成豊は仕事の拠点を函館に置いたので、彼の名は全国的にそれほど知られることはなかった。

私は福士成豊と同じ土地に生まれたことを誇りに思う。上京しなくても小説が書けるのだと自信が持てる。

しかし、英語は手に余る。明治はわからない。拙い作品に根気よくつき合ってくれた編集者に感謝し、また、文庫発刊を決意して下さった祥伝社にも深く謝意を表する次第である。

「おぅねぇすてぃ」を書き終えた私の感想は、学生諸君には、もっと英語を学んでほしいということだった。海外旅行に出かけて、その土地の人々と話し合えたら楽しいと思う。

言葉は英語でなくても構わないが、英語は世界の共通語なので、覚えていた方がいいと思う。後で私のように後悔しないためにも是非。

平成十六年　二月。函館にて。

解説――正直か誠実か、激動の時代に〝すれ違う〟心を描く著者初の明治ロマンス

文芸評論家　大矢博子

のちの宇江佐真理の看板となる「髪結い伊三次捕物余話」シリーズの第一作『幻の声』が出たのは一九九七年だった。以降、宇江佐真理はおもに深川を舞台にした江戸市井小説を次々と発表した。

季節の彩りと風情に満ちた江戸の描写、下町の人情、生活感あふれる日々の営み……さまざまな身分や環境の男女をあざやかに描き出すその筆は、初期からすでに手練れの域で、市井小説界に楽しみな作家が加わったと喜んだのを覚えている。

おや、と思ったのは二〇〇〇年に刊行された『余寒の雪』（実業之日本社→文春文庫）を読んだときだった。商人や遊女、地方から出てきた娘などなど、バラエティに富んだ人物たちを主人公に据えた短編集で、宇江佐真理の真骨頂とも言える市井の人の営みが滋味豊かに綴られている。第七回中山義秀文学賞を受

賞した良作だが、驚いたのはその中の二編「出奔(しゅっぽん)」と「蝦夷松前藩異聞(えぞまつまえはんいぶん)」だ。これはともに実在の人物をモチーフにしている。前者は幕府御庭番川村修富(かわむらながとみ)、後者は松前藩の家老にして画家の蠣崎波響(かきざきはきょう)だ。描かれるエピソードには架空のものが混じっていたが、著者にとって初めての歴史小説と言っていい。特に後者は、これもまた著者にとって初のご当地もの——函館(はこだて)ものでもあった。

こういうものも書くのか、と新鮮な感慨(かんがい)を覚えた。

この「蝦夷松前藩異聞」はのちに「夷酋列像(いしゅうれつぞう)」（文春文庫『桜花(おうか)を見た』所収）へとつながっていくのだが、この時点ではまだそれはわからない。ただ、歴史を扱ったこと、深川だけではなく著者の地元の函館を初めて描いたことで、おそらく作品の幅はぐっと広がるだろうと感じたのである。

のちに『余寒の雪』が文春文庫入りした際、著者はあとがきにこう書いている。

私は地元の歴史を軽く見ていたと思う。こんな田舎に大したことはないと。それは大きな間違いであると知った。地元にいるからこそわかることもあるのだ。私は今後も松前藩を題材にした小説を書くことだろう。（『余寒の雪』「文庫のためのあとがき」）

確かに「蝦夷松前藩異聞」は著者にとってひとつの分岐点だったのだ。ありていに言えば、歴史を作品に取り入れるということについては、まだ試行錯誤の段階だったのだろう。「出奔」と「蝦夷松前藩異聞」はともに史実と創作の按配に苦労しているのが見てとれる。

思えばこの時期、宇江佐真理は自らの殻を破るべく挑戦していたのだ。

そしてその翌年（二〇〇一年）、本書『おぅねぇすてぃ』が祥伝社より刊行される。

本書は「蝦夷松前藩異聞」に続く函館ものであると同時に、これまた著者にとって初めての明治ものである。歴史と創作を組み合わせること、松前を舞台にすること、という新たなふたつの挑戦が最初の結実を見せた作品と言っていい。

物語は明治五年（一八七二）の函館から始まる。幕府の瓦解で禄を失った御家人の息子・雨竜千吉は英語通詞（通訳）を志して横浜で勉強していたが、家庭の事情で叔父の海産物交易会社の函館支社で働くことになった。函館にも慣れ、遊廓の小鶴という馴染みの女もできた頃、横浜の友人から一通の手紙が届く。そこには千吉がほのかな恋心を抱いていたお順がアメリカ人の洋妾になったと書かれていた——。

というのが第一話「可否」の導入部である。以降、函館から横浜、東京と舞台を移しながら明治七年までの二年間が綴られる。人妻になってしまったお順を諦めきれない一方、小鶴のことも愛おしく思い、けれどもそこに思わぬ悲劇が降りかかる第二話「おうねぇすてぃ」、横浜の本社に戻った千吉がお順の手を借りて旧友の恋に協力するが、これまた思わぬ結末を迎える第三話「明の流れ星」、千吉と一緒になりたくてお順がアメリカ人の夫に離婚を切り出すも、厳しい制約をつけられる第四話「薔薇の花簪」、お順と連絡がとれなくなった千吉のもとにアメリカ渡航の話が持ちかけられる第五話「慕情」を経て、ようやくふたりが再会する最終話「東京繁栄毬唄」の全六話だ。

明治版「君の名は」と呼びたくなるくらいのすれ違いロマンスで、やきもきさせられることこの上ない。根っこのところではずっと思い合っているのに、千吉は函館の小鶴の一件があり、お順はアメリカ人の夫がいて、すぐに結ばれるわけにはいかないのだ。そりゃそうだ、これがすんなり結ばれてしまってはあまりに勝手が過ぎる。

けれどそこを宇江佐真理は実に巧く描く。それが「おぅねぇすてぃ」という言葉である。英語を学ぶ千吉の手書き辞書を見て、真心・正直を表す「おぅねぇすてぃ」という単語に小鶴が感銘を受けたエピソードが紹介される。これは、その後に訪れるある悲劇を経て、千吉の軸になっていく。自分の心におぅねぇすてぃ(正直)になるのだ。同時に、お順もまた、小鶴の一件は知らないまでも、その生き方はおぅねぇすてぃだ。正直という意味ではなく誠実という意味で、である。彼女が離婚を決意し、夫からある制約を課せられたあとの自制心を見ていただきたい。

離れたことを悔やみ、二度と離れたくないと思えばこそ、彼らの芯がおぅねぇすてぃにあることで読者は安心し、そのドラマティックなすれ違い劇を堪能できるのだ。

ふたりだけではない。彼らを取り巻く人々が実にいい。小鶴は言うまでもないが、特に学友にして元大名家の嫡子である通称「殿様」の誠実さが実に印象的だ。登場人物ひとりたりともおろそかにしない宇江佐真理が生み出した名脇役と言っていい。

だから本書は明治ロマンス小説としてとてもよくできた構造を持っているわけだが、実はそれは本書の魅力の半分でしかない、と言ってしまおう。このロマンスと並ぶもうひとつの軸、それが「歴史と創作の融合」である。

明治五年から七年という本書の舞台は、文明が音を立てて開化していた時代である。千吉とお順の背景には、まさにその明治初頭の時代の変化が横たわっている。そして宇江佐真理は、そこに多くの実在の人物やエピソードを形を変えて配した。

函館で自力で英語を習得し、通訳となった財前卯之吉(ざいぜんうのきち)は、あとがきにある通り福士成豊(ふくしなりとよ)のことだ。日本初の洋式帆船・箱館丸(はこだてまる)を建造した船大工・続豊治(つづきとよじ)の息子である。続豊治については浮穴(うきあな)みみ『鳳凰(ほうおう)の船』(双葉文庫)の表題作に登場するので、興味がある方はあたってみていただきたい。

また、千吉が東京で知り合う御雇(おやとい)外国人のアルフレッド・ドーンは、エドウィン・ダンのことと思われる。オハイオ出身、農学と畜産学の分野で日本の農業の近代化に貢献し、函館や札幌(さっぽろ)に赴任(ふにん)した。日本人の妻を娶(めと)り、日本に永住した人物である。

歴史上の出来事も物語に大きくかかわってくる。たとえば明治六年三月の函館大火。千戸以上が焼失し、のちに火元となった場所から家根屋火事と呼ばれた大火災だ。函館の歴史は大火抜きには語れないほど火事の多い土地だった。

そういった人物や出来事のみならず、物語の背景には急流のように変化していく時代の描写がつぶさに描かれる。海産物貿易を扱う日本昆布会社（明治二十二年に同名の会社が函館で設立されているが、そちらとは関係ない）という設定しかり、御家人の息子だった千吉が通詞を目指し、通詞の娘だったお順がアメリカ人の妻になるという設定しかり、宣教師や御雇外国人との出会いしかり。電信、鉄道、太陽暦の導入、七曜制、居留地の治外法権。ウィスキーを飲ませるバーができ、洋食を食べさせるレストランができる。着物でお茶を飲む生活から、洋装でコーヒーを飲む生活に。

それがほんの数年のうちのことなのだ。かつてこれほどまでに急激な生活の変化はなかったろう。徳川の時代のままなら武士の千吉と町人のお順は最初から結ばれなかった。明治になったからこそふたりは恋ができた。けれど明治になったからこそ、引き裂かれた。

時代は変わる。けれど人の思いは変わらない。激動の中にあって、変わらぬ愛。

宇江佐真理はそういう手法で歴史を時代小説に取り入れたのだ。

これは決して歴史小説ではない。あくまでもフィクションの時代小説である。しかし実在の人物を主人公に出会わせ、その功績が主人公に影響を与える。千吉は彼らと出会って、ただ英語を話せるというだけではないその先を見るようになる。アメリカ人と結婚したお順もまた、当時ならではの困難にさらされる。史実そのものや歴史上の人物を物語にするのではなく、その背景を「普通の人々」に仮託することで、より時代の姿を浮き彫りにしてみせたのである。

なるほど、こういう手法できたか——と、約二十年前の私は唸ったものだった。

この系譜の先にあるのが、二〇〇六年に刊行された『アラミスと呼ばれた女』（潮出版社→『お柳、一途　アラミスと呼ばれた女』と改題して朝日文庫）だ。幕末に実在した女性通詞・田島勝がモデルだが物語そのものはフィクション。けれど榎本武揚をはじめ歴史上の人物が次々と登場し、長崎から江戸、横浜、そして蝦夷へと舞台を移しながら幕末のロマンスを描いていく。箱館戦争の描写も詳しく、実在の人物や出来事を描きながらも主軸はフィクションという、本書で試された方式の到達点と言っていい。

宇江佐真理は江戸市井小説の大家であるのは論を俟たない。けれど独自の方法で歴史を、そして函館を描いてきた、こんな一面もあることをぜひ知っていただきたい。

●参考書目

『箱館英学事始め』　井上能孝著（道新選書）
『北へ…異色人物伝⑰　エドウィン・ダン』（北海道新聞社）
『名ごりの夢』　今泉みね著（平凡社）
新訂『福翁自伝』　福沢諭吉著・富田正文校訂（岩波文庫）

本書は二〇〇四年四月、小社より文庫判で刊行されたものの新装版です。

一〇〇字書評

おうねぇすてぃ

切・り・取・り・線

購買動機（新聞、雑誌名を記入するか、あるいは○をつけてください）	
□（　　　　）の広告を見て	
□（　　　　）の書評を見て	
□ 知人のすすめで	□ タイトルに惹かれて
□ カバーが良かったから	□ 内容が面白そうだから
□ 好きな作家だから	□ 好きな分野の本だから

・最近、最も感銘を受けた作品名をお書き下さい

・あなたのお好きな作家名をお書き下さい

・その他、ご要望がありましたらお書き下さい

住所	〒				
氏名		職業		年齢	
Eメール	※携帯には配信できません	新刊情報等のメール配信を 希望する・しない			

この本の感想を、編集部までお寄せいただけたらありがたく存じます。今後の企画の参考にさせていただきます。Eメールでも結構です。

いただいた「一〇〇字書評」は、新聞・雑誌等に紹介させていただくことがあります。その場合はお礼として特製図書カードを差し上げます。

前ページの原稿用紙に書評をお書きの上、切り取り、左記までお送り下さい。宛先の住所は不要です。

なお、ご記入いただいたお名前、ご住所等は、書評紹介の事前了解、謝礼のお届けのためだけに利用し、そのほかの目的のために利用することはありません。

〒一〇一－八七〇一
祥伝社文庫編集長　清水寿明
電話　〇三（三二六五）二〇八〇

祥伝社ホームページの「ブックレビュー」からも、書き込めます。
www.shodensha.co.jp/bookreview

祥伝社文庫

おぅねぇすてぃ　新装版

令和 5 年 4 月 20 日　初版第 1 刷発行

著　者　宇江佐真理（うえざまり）

発行者　辻　浩明

発行所　祥伝社（しょうでんしゃ）

東京都千代田区神田神保町 3-3
〒 101-8701
電話　03（3265）2081（販売部）
電話　03（3265）2080（編集部）
電話　03（3265）3622（業務部）
www.shodensha.co.jp

印刷所　萩原印刷
製本所　ナショナル製本
カバーフォーマットデザイン　中原達治

Printed in Japan ©2023, Kohei Ito　ISBN978-4-396-34882-3 C0193